女生徒

[日] 太宰治 著
だざい おさむ

李钰婧 译

江苏凤凰文艺出版社
JIANGSU PHOENIX LITERATURE AND ART PUBLISHING

目录

女生徒 1

雪夜的故事 57

千代女 67

等待 91

羞耻 97

灯笼 113

蟋蟀 125

皮肤与心 145

发妻 173

好客的夫人 197

叶樱与魔哨 209

译后记 223

附录 231

女 生 徒

早晨醒来时，心情是很奇妙的。

就像玩捉迷藏时，自己一动不动地蹲在漆黑的壁橱里，门却突然被人“哗啦”一声拉开，明亮的光线霎时涌了进来，随即便听到对方大声宣布：“找到你啦！”然后就在那晃眼的光线以及一瞬间的尴尬中，自己的心也怦怦直跳，随即慌忙整理好躲藏时弄乱的和服前襟，有些难为情地从壁橱中走出来。这时，心中就会忽然感到一阵气恼——嗯，就是这种感觉。不，也不全是，早晨醒来时，似乎比这种感觉更加让人难以忍受。就好比打开了一个匣子，看到里面装着一个小匣子，再打开之后，里面还装着更加小的匣子，于是继续打开，里面还有更小的匣子。就这样接连打开七八个匣子之后，眼前终于出现了一个骰子般大小的小匣子。轻轻地打开，里面却空空如也——嗯，大概就是那种感觉。

哼，谁说人早晨睡醒后，“唰”的一下就能清醒过来？根本就是骗人的！明明先是一片混沌模糊，就这么过一会儿之后，才会像浑浊的淀粉逐渐沉淀下来一样，从上方开始慢慢变得澄清透亮。于是这时，人才会彻底疲惫地醒来。早晨，总是让人感到莫名空虚低落，会有好多悲伤的事情涌上心头，让人不堪忍受。啊，好讨厌，好讨厌！早晨的我是最丑的，双腿酸软无力，什么都不想做，也许是因为夜里没睡踏实吧。谁说人到了早晨就会精神饱满，那也是骗人的！早晨明明就是灰色的，从来都是，它最虚无了。早晨躺在被窝里时，我总是会很厌世，会厌倦一切。那种种丑恶的懊悔之情，都会在这时一股脑儿地涌上心头，堵在胸口，让我烦闷不堪，喘不上气。

早晨，真的好讨厌啊！

“爸爸……”我试着轻唤了一声，心中莫名有股羞怯，有股欣喜。我翻身起床，麻利地叠好了被子。抱着被子起身时，嘴里不自觉地冒出一句“嗨哟呵”的吆喝声，于是我猛地一愣——迄今为止，我从未想过自己竟然是一个会发出“嗨哟呵”这种俗鄙吆喝声的女子。“嗨哟呵”——怎么听都像是老太婆的吆喝声，太难听了，我怎么会冒出这种吆喝声呢？简直就像在我身体某个角落里住着一个老太婆似的，太恶心了，以后可得注意。这就好像自己明明嫌弃别人的粗俗步态，到头来却发现自己走路也如出一辙一样，特别让人沮丧。

唉，早晨，总是让人毫无自信。我穿着睡衣坐到梳妆台前，没戴眼镜。镜子里那张脸看上去稍显朦胧，皮肤也挺滋润。在我这张脸上，我最不喜欢的东西就是眼镜。但有时，戴眼镜却也能体会到旁人体会不到的妙处。我喜欢摘掉眼镜向远处眺望，这时，世界就会变得模糊斑驳，如梦如幻，像看西洋镜一样，美丽极了。任何肮脏的东西都不会再看到，眼前只有一些大块的物体，只有鲜明、强烈的色彩和光斑。我也喜欢摘掉眼镜看人，这样，对方的脸看起来就会很柔和、很漂亮，看上去会笑意盈盈。而且当我摘掉眼镜时，就绝不会想跟人吵架，也不会想说人坏话，只想一个人静静地发呆。此时的我，在旁人眼中也会是个温柔的人吧？这样想来，我便越发安心了，甚至想要对人撒娇，内心也会变得十分柔软。

可我还是讨厌眼镜。戴上眼镜，脸上的生动和立体感就会消失，表现出的各种情趣——比如浪漫、美丽、激动、脆弱、天真、哀愁，所有这些情趣，都会被眼镜遮住。更不要说什么眼睛是心灵的窗口，用眼神跟别人交流了，这根本做不到，甚至会有些滑稽。

眼镜，真是个小妖怪呢！

也许是因为一直不喜欢眼镜，所以我总觉得，拥有一双美丽的眼睛才是最好的事情。即使没有鼻子，或者嘴巴被遮住了看不到，但只要有一双美丽的眼睛，便足够了；在看到这双眼睛时，能够让人渴望自己要活得更加美好，便足够了。而我的眼睛只是长得大，却算不上美。在对着镜子盯着自己眼睛看时，我总是会感到失落。连妈妈都说，我的眼睛空洞无趣，大却无神。这样的眼睛，就是所谓的黯淡无光吧，简直像两个煤球！唉，一想到这个词就沮丧。长成这副样子，真是让人郁闷。每当照镜子时，我都会由衷地想：若自己的眼睛能变得晶莹澄澈该有多好啊！就像那碧蓝的湖水般清澈，就像那躺在茫茫草原中仰望的天空般浩瀚。在那浩瀚之中，不时会映照出流云浮过，甚至还能清晰地映照出飞鸟的身影，若是这样，该有多好啊！那些有着美丽眼睛的人，我很希望能与他们多多邂逅。

从今天开始就进入五月了，想到这里，我竟然有些开心。嗯，的确是开心，因为夏天临近了。来到院子里，只见一簇簇生机勃勃的草莓花映入眼帘。于是父亲已经过世这件事，变得有些不可思议——死亡、离世，这实在让人难以理解，无法接受。我思念姐姐，思念那些离别的人，思念那些许久不曾见面的人。唉，早晨，总是会让人无端想起过往的人和事，就像腌萝卜的气味一样，一直会淡淡地萦绕着，许久都不退，真让人受不了。

我的两条小狗——恰皮和可儿（因为是条可怜的小狗，所以叫它可儿）结伴跑了过来。它们并排趴在我面前，但我只顾着一个劲儿地宠爱恰皮。恰皮一身雪白，皮毛光亮顺滑，非常漂亮，可儿却脏兮兮的。当我宠爱恰皮时，可儿在一旁又急又委屈，一副快要哭出来的表情，这我是知道的。我也知道可儿是条残疾狗，既可怜，又讨厌。正是因为它实在太可怜，我才会故意冷落它。可儿看起来就像一条流浪狗，可能不知哪天就会被打狗队的人捕了去。它的腿又有残疾，逃跑时一定会很慢吧。可儿呀，你快到山里去吧，反正也没人喜欢你，你就尽早自生自灭吧！我就是这样一个孩子，不只是对可儿冷漠，我对人也能做出不该做的事。我会刁难别人、激怒别人，着实是个令人讨厌的孩子。我在檐廊上坐下，一边抚摸着恰皮的脑袋，一边望着院中满眼的新绿，心中却徒增悲凉，觉得自己好窝囊，真想直接坐到泥地上。

我想试着让自己哭出来。也许，把呼吸屏住，把眼睛憋到充血，就能挤出几滴眼泪吧？我试了试，却没成功，也许我已成了一个没有眼泪的女子。

于是我只好作罢，开始打扫房间。可一边打扫，嘴里竟然漫不经心地哼起了《唐人阿吉》[①]的旋律，于是我不由得环顾了一下四周。自己平时明明是热衷于莫扎特、巴赫这类音乐的，现在竟然不自觉地唱起《唐人阿吉》来，真是可笑。方才抱着被子起身时发出了"嗨哟呵"的吆喝声，现在又一边打扫一边哼唱《唐

① 《唐人阿吉》，指 1930 年日本导演沟口健二拍摄的电影《唐人阿吉》中的歌曲唱词。

人阿吉》，看来我已经无药可救了。照此下去，真不知道自己在说梦话时会说出什么粗俗的话语，这让我觉得分外不安，却又莫名感到好笑，于是我停下手中的扫帚，站在那里独自轻笑。

我今天穿了昨天刚缝制好的内衣，胸口处还绣了一朵小巧的白色蔷薇。只要套上上衣，谁都不会发现它，这让我颇为得意。

母亲因为忙活着谁家的亲事，一大早便出门了。自我年幼时起，母亲就常常为别人的事尽心尽力地忙活，这我早就习以为常，却依旧打心眼儿里感叹：母亲始终都是闲不住的啊！从前，父亲一直只知道埋头读书，疏于社交应酬。母亲则喜欢和意气相投的友人相聚，于是就将父亲那一份也一并承担了。二人尽管性情不同，却能彼此尊重，举案齐眉。在我看来，他们称得上是一对没有婚姻中的一地鸡毛、琴瑟和鸣的美好夫妻了。啊，不能骄傲，不能骄傲。

味噌汤煮好前，我一直坐在厨房门口，出神地望着屋前杂木丛生的小树林。有那么一瞬间，我仿佛感觉在很久以前我也曾像现在这样，或者在很久以后我将会像现在这样，坐在厨房门口，望着这片小树林。我的姿势与现在相同，脑子里想的事情也与现在相同。此时我心中蓦地生出一种奇妙的感觉，仿佛过去、现在、未来，都能在这一瞬间同时感知。在我身上，这种事情时有发生。比如在和别人坐在房间里聊天时，我的视线就会不由自主地朝桌角游移，然后忽然“啪”地停住，一动不动，只剩嘴唇还在翕动。

这种时候，我就会产生一种奇怪的错觉：曾几何时，仿佛自己也是在同样的状态下，与人说着同样的事情，眼神也同样地在注视桌角。而且我相信，此刻的情形今后还会原封不动地发生。无论漫步在多么遥远的乡间小路上，我都会感觉，这条路我肯定来过。就连顺手从路边摘下的一片豆叶，都会让我觉得，自己曾经在这条路上的这个地方，摘下过这片豆叶。而且我相信，无论今后走过这里多少遍，我依然会摘下这片豆叶。还有一次是泡澡的时候，我无意中打量起了自己的手。于是我感觉，今后无论再过多少年，当我泡澡的时候，一定还会回想起现在这般不经意地打量着手的情形，还会回想起此时闪过脑海的念头。这样一想，我的心情不由黯淡了下来。

还有一次是在傍晚，发生在我把饭从锅里盛出来的时候。若说是灵光一闪，或许有些夸张。但那时，我的确切实感受到体内有什么东西“呼——”地一闪而过了。该怎么形容才好呢……姑且称为“哲学的彗尾”吧。在它的作用下，我的头脑、心胸，身体的角角落落全部都变得透明澄澈起来，我感觉自己能够恬静且笃定地面对余生，就像一整块琼脂静悄悄地从盒中缓缓倒出时那样，柔软灵活，细腻且富有弹性。我可以就这样随遇而安、云淡风轻、岁月静好地度过此生。不过这个时候，可顾不上思考什么哲学，这种“此后余生将会像一只偷吃的猫一般，悄无声息地活下去”的预感，可不是什么好事，甚至令人害怕。一旦长此以往处于这种精神状态之中，只怕人也会变得如同被神灵附体了一般吧！嗯，我可不想变成一个女先知啊。

到底还是我太悠闲了，没有经历过生活的辛苦。于是面对每天成百上千的所见所闻，我心中的那些感受无处消解。也许在我茫然自失时，它们就会趁机化作妖怪的嘴脸，接连不断地浮现在脑海中吧？

我独自坐在饭厅吃早饭。今年还是第一次吃黄瓜，看到它青翠的样子，便知道夏天即将到来。五月的黄瓜，那青翠的色调中自有一种悲凉之感，让人心里又痛又痒，变得空荡荡的。独自在饭厅吃饭时，我总会无端地想要去旅行，想去坐火车。拿起报纸浏览，只见上面刊登着一幅近卫先生的照片。近卫先生算得上是美男子吗？反正我是不怎么喜欢他那张脸，他额头长得不好看。

看报纸时，最有意思的就是那些书的广告了。估计因为哪怕一字也好一行也好，都要收取一两百日元的广告费，所以每个广告都是人们绞尽脑汁写出来的。那一字一句，为了实现最大的效益，全部都是斟字酌句、冥思苦想得来的美文佳句。如此金贵的文章，恐怕世间少有吧？它们读起来酣畅淋漓，让人无比畅快。

吃完饭，我便锁好门窗去上学。尽管觉得应该不会下雨，但我实在是太想带着那把漂亮的西洋雨伞走在路上了，所以最终还是带上了它。这是我昨天从母亲那里要来的，是母亲在少女时代用过的东西。能找出这把有趣的雨伞，让我有些得意，真想带上它漫步在巴黎街头。等眼下这场战争结束后，这种带着梦幻色彩的复古雨伞一定会流行起来吧？这把伞和波奈特帽[①]一定很搭。我幻想着自己穿着一套长下摆、大开领的粉色礼服裙，戴着一副黑绸蕾丝长手套，然后在宽大的帽檐上，点缀一朵紫罗兰。在草木葳蕤的时节，我就以这副装扮去巴黎的餐厅吃午餐。那时，我会慵懒地轻托脸颊，望着窗外往来的人流。然后就在此时，有人轻轻拍了拍我的肩。刹那间，周围有音乐声响起——是《南国玫瑰圆舞曲》[②]！唉，想什么呢，好傻！可在现实中，我只有这把古旧而奇形怪状的长柄雨伞，多么凄惨、多么可怜啊！我简直就像那个卖火柴的小女孩。唉，还是拔草去吧！

出门时，我顺手拔掉了一些门前的草，算是为母亲做点义务劳动。说不定，今天会发生什么好事情呢！明明同样都是草，可为什么有的草会让我有想拔掉的冲动，有的却让我想悄悄放过呢？那些可爱的草，还有不可爱的草，在外形上明明没有任何区别，可为什么还是会被分成惹人怜爱的草和令人生厌的草呢？这根本没有任何道理。女人的喜爱与厌恶，从来都是随心所欲的。

---

① 波奈特（bonnet），一种帽式，从头顶到后脑部有一圈突出的帽檐盖住额头，下边用带子打结固定在下巴上。

② 《南国玫瑰圆舞曲》，奥地利著名作曲家、指挥家、小提琴演奏家约翰·施特劳斯（1825—1899）于1880年创作的乐曲，是施特劳斯最著名的圆舞曲之一。

做了十分钟的义务劳动后，我匆忙朝车站赶去。在穿过田间小路时，我频频想要停下来画画。途中，我穿过神社前的森林小径，这是我自己发现的一条近路。走在这条小径上，不经意地低头一看，只见到处都生长着一丛丛的麦苗，足有两寸来高。看着这些青青的麦苗就知道，今年也有士兵的队伍经过了这里。去年就有很多士兵和军马经过这里，在神社前的这片森林歇息过。后来过了一阵子我再来到这里时，发现地上也像今天一样，长出了许多麦苗。不过那些麦苗没有继续生长，也没有结出麦子。今年也是一样，麦粒从军马驮着的粮草中撒出来，落在地里生根发芽，长出了麦苗。可是这片森林如此幽暗，它们根本无法照射到阳光。于是这些纤细孱弱的麦苗就算长到这样高，最后也只能夭折，真是可怜。

从小径上走出来后，我在车站附近遇到四五个民工。这些民工跟往常一样，对着我恶狠狠地说着一些不堪入耳的脏话。我不知道该怎么办才好，心中一阵犹豫。我很想超过他们，一口气跑到前边去。但是那样我就必须从他们几个之间找个缝儿穿过去，这太吓人了。如果不这样做，我就得停住脚步，默默地让他们先走，等着我与他们之间拉开一段距离之后，再继续往前走。可是这样反而需要更大的胆量，而且很不礼貌，可能会惹他们生气。我不知道该怎么办，心烦得就要失去理智了，简直想哭。又觉得这样太丢脸了，于是我对他们挤了挤笑容，然后跟在后面慢慢走。

虽说这种情况下我只能这样做，但我心中的懊恼，一直到我坐上电车都没有完全消散。真希望自己赶快强大起来，干练起来，能够早点对这种低级无聊的事情坦然处之。

车厢的入口处还有一个空座，我便把手里的东西轻轻放过去，稍微整理了一下裙褶。还没等我坐下，却见一个戴眼镜的男人一下子把我的东西推到了一边，自己坐了上去。

“那个，是我先看到这个座位的……”

听到我这么说，那个男人苦笑了一声，随即满不在乎地看起了报纸。仔细想想，我俩也不知是谁的脸皮更厚，也可能是我吧！

没办法，我只好把伞和用包袱皮包起来的学习用具都放到座位上方的网架上，腾出手来抓紧皮革吊环。当我和往常一样想看会儿杂志，正用一只手啪啦啪啦地翻动书页时，脑中突然冒出了奇怪的念头——

若要将“看书”这件事与我自身剥离开来，那么对于什么经历都没有的我来说，估计一定会哭出来吧！我就是如此依赖书本上写的东西。当我在看一本书的时候，总是会一下子就迷上它，进而靠近它，信赖它，与它产生共鸣，并努力让自己的生活与它贴合。而之后再看其他书时，又会像这次一样，一下子便迷上，进而沉醉其中。像这样把别人的东西偷过来，好好改造一番后变成自己的东西，这种才能和小聪明是我唯一的看家本领。说实话，这种小聪明和小把戏让人厌烦。若一个人每天总是在不停地失败，不停地丢人现眼，或许这个人会变得稍稍沉稳一些。但是，即便面对如此之多的失败，估计这个人应该也会千方百计找各种理由，巧妙地敷衍过去，然后编出一套说辞吧？没准儿还会上演一出苦情戏什么的呢！

（这些话也是我从哪本书上看来的。）

我真的不知道哪个才是真正的我，若没有书看，没有可以让我效仿的模板，到那个时候，我会怎么样呢？可能我会手足无措，垂头丧气地一味胡乱地擤鼻涕吧。不管怎样，每天在电车里这么天马行空地胡思乱想可要不得。我身体中残留着讨厌的温热，真是让人受不了。“必须做些什么，好歹也要想想办法。”我想。可是，怎样才能清醒地把握自我呢？我之前对自己的那些批判，简直没有任何意义。当我试探着去批判自己时，一旦发现那些讨厌、软弱的地方，便马上会放任其存在，心疼地抱紧自己，最后得出结论：“为某个小缺点伤害全体，这种削足适履的做法可不好。”所以这根本算不上批判。还不如什么都不去想，那样才更有良心吧！

现在我手里这本杂志也是，有一篇文章的标题是《年轻女性的缺点》，里面写着很多人的意见。我读着读着，感觉这些话简直都在说我自己，于是又羞愧了起来。再看看写这些意见的人，真真儿是文如其人。长着一副蠢样子的人，说出的话也让人觉得很是愚蠢；照片上感觉比较时尚的人，遣词造句也很是时髦。这可真是好笑，我有时会一边偷笑一边往下看。那些信奉宗教的人很快就会谈到信仰上去；那些教育家也是三句不离恩情、恩情；政治家会卖弄汉诗；作家则会装腔作势，讲究使用那些时髦的语言，自命不凡。

可是，这些人说的都是实话——

没有个性，没有深度。

与正当的希望、正当的野心遥遥相悖，换句话说，就是没有理想。

即便有所批判，也不会主动将这些批判与自己的生活直接挂钩。

不知道反省，缺乏真正的自觉、自爱和自重。纵使鼓起勇气去行动，之后也未必能承担得起由此带来的一应后果。

虽然能够适应周围人的生活方式，能够巧妙地处理好与周围人的关系，但是对于自己，对于周围人的生活，并不怀有应该有的热爱之心，并不具备真正意义上的谦逊。

缺乏独创性，只是会模仿。

缺乏人类本应具有的“爱”的感觉。总是装得很文雅、有格调，实则毫无气质。

除此之外，杂志上还写了很多其他的意见，读来确实有很多地方令人震惊，且根本无法否定。

但是看着这上面写的话，我总觉得说这些话的那些大义凛然的人平时并不是这样想的，感觉他们只是随手写写、随口说说罢了。他们用了很多“真正意义上”“本来应有”之类的修饰语，但所谓“真正的”爱、“真正的”自觉，究竟是什么呢？他们并没有清楚地指出来。也许他们自己是明白的吧！既然明白，那就说得更加具体些嘛！比如清楚地指出“向右走、向左走”之类的，哪怕就用一句话，若是能十分权威地向我们解释明白，对我们来说一定会有很大的参考意义，我们会感激不尽。我们已经迷失了，已经不知道如何表达爱了。所以，如果这些人能够明确地下达命令，而不是总说这也不行、那也不行，那我们就都可以按照指示去做了。他们之所以没有明示，或许是因为谁都没有这样的自信吧！或许，在这个栏目上发表意见的人，也并非随时随地都抱有这样的想法吧！虽然他们现在厉声斥责我们不具备正确的希望和野心，可是，当我们真正去追逐理想并付诸行动之时，他们还会始终如一地坚决守护、认真引导我们吗？

对于我们来说，哪里是自己该去的最好的地方、哪里是自己想去的美好的地方、哪里是努力提升自己之后应该到达的地方，我们都能懵懵懂懂地大致判断出来。我们想要过上好的生活，凭这一点，就可以说我们有着正确的希望和野心。我们还想拥有值得信赖、不会动摇的信念，并且迫不及待。但是一个女孩若想实现这些愿望，那得付出何等的努力啊！妈妈、爸爸、姐姐和哥哥自有他们的看法（对他们的看法，我虽然嘴上会说“太老套啦”等，但也只是说说而已。对于人生中的前辈、老人和已婚人士，我绝无轻蔑之意。不仅如此，我对他们还怀着几分敬意），那些在生活中密切相关的亲戚、熟人、朋友，都有着各自的看法。

此外，还有一种强大的力量总是裹挟、压迫着我们，那就是所谓的“世俗”。在思考过、见识过、感受过所有的事情之后，我们哪里还有什么张扬自己个性的余地？于是我们不由得会想：“唉，算了，就这么沿着大多数普通人都会走的道路走下去，不引人注目，平平凡凡的，或许才是最明智的吧！”把本属于少数人的教育施加到所有人身上，这是一件极其残酷的事情。我长大之后才渐渐明白，学校里的教育和社会上的规则有很大的区别。一个人若完全遵守学校里教的那套，以后到社会上就会吃大亏，就会被说成是个怪人。这个人不会出人头地，会一直穷困下去。真的会有从来都不撒谎的人吗？若真有，那他一定永远都会是个失败者。在我的亲人之中，也有这样一个品行端正、信念坚定，孜孜不倦地追求着理想，真正“活着”的人。可是其他一众亲戚总是说他这不好那不好，总是瞧不起他。我虽然知道他被人欺负，知道他是个失败的人，却不能与母亲、与其他亲戚对着干，不能将自己的想法大大方方地宣之于口，因为我不敢。

在我小时候，当我的想法与别人完全不同时，我还会问妈妈：“这是为什么呢？”每当这时，妈妈便会敷衍我一下，然后就会生气。她脸上的神情看上去似乎是悲伤，她会对我说“这样可不好，像个坏女孩”。我也问过爸爸这个问题，但当时爸爸只是笑笑，什么都没说。后来，好像他和妈妈说过我是个“不合群的孩子”。随着我慢慢长大，我便愈加谨小慎微起来，哪怕是做一件衣服，也会考虑一下别人会怎么看。对于自己的某些个性嘛，其实，我一直都偷偷喜欢着，今后也想继续喜欢下去。但是，如果要我明确地将其展现出来，让大家知道它是我个性的一部分，那就太可怕了，我可不敢。于是，我决定做一个众人眼中的好女孩。当有很多人在场时，我是多么委曲求全啊！我滔滔不绝地说着那些并非出自真心的话，它们与我的真实想法相去甚远。之所以这样，是因为我觉得那样做比较有利，不会吃亏。唉，真是讨厌！这种道德观什么时候才能改变呢？要是那一天能早点到来该有多好，到那时候，我的这种卑微和委屈就都不复存在了吧？到那时候，现在这种没有自我、只是活在别人眼中的日子，这种每天消极懈怠、心中不快的日子，也将一去不复返吧？

哎呀，那边有个座位空出来了！我赶紧把伞和学习用具从网架上拿下来，三步并作两步冲了过去。我右边坐着一个中学生，左边坐着一个背着孩子的大妈，她身上穿的是背孩子专用的服装。这个大妈分明已经上了年纪，却化着浓妆，梳着流行的发式。她的脸虽然看着很美，脖子那里却堆满了黑黑的皱纹，一副可怜兮兮的样子，真讨厌，简直想揍她一顿。

说来也怪，人在站着的时候和坐着的时候，脑子里想的事情真是毫不相同呢！一旦坐下，就净想一些不着边际、无聊无趣的事。

在我对面的座位上，坐着四五个年龄相仿的公司职员，都是心不在焉的样子。他们的年龄在三十岁左右吧，看着都很讨人厌，一个个都是目光呆滞、垂头丧气的，没什么精气神儿。不过，若我现在对着他们中的某个人嫣然一笑，那么仅凭这个笑，我说不定就会被对方强行拖去，让我嫁给他吧？女人若想决定自己的命运，仅凭一个微笑就足够了。这可真是可怕，简直不可思议，我可得多加小心哪！

今天早上我脑子里想的，的确都是些奇奇怪怪的事情。从两三天前起，我脑子里就总是忍不住浮现出那个来我家整修庭园的花匠。无论怎么看，他都是个地地道道的花匠。可是我总感觉他的脸与旁人很不一样。说得夸张些，这个花匠长着一张思想家一样的脸。他的皮肤黝黑结实，眼睛长得很好看，眉毛也生得浓密紧凑。鼻子虽是个塌鼻梁，却和他黝黑的肤色很搭，使整个人看上去很是意志坚定。再说嘴唇，形状也相当不错，可是耳朵稍微有些脏。那双手嘛，一看就是花匠的手。不过，他头上戴着黑色的软礼帽，整张脸都罩在阴影里，让人觉得，这样一张思想家一般的脸却生在了一个花匠身上，真是有些可惜了。我问了妈妈不下三四次："那个花匠，从一开始就是个花匠吗？"结果最后被妈妈骂了。

今天我用来包学习用具的这张包袱皮，正是那个花匠第一次来我家时，我跟妈妈要的。那天家里大扫除，就把维修厨房和榻榻米的人都找来了。妈妈还整理了一下衣橱，这张包袱皮，就是在那个时候从橱子里翻出来的，我看到它，便要了过来。这是一张美丽的包袱皮，很有女人味儿。它这样美丽，若是打结系起来，岂不埋没了这美丽的图案，那多可惜！于是我就这么坐着，把它放在膝盖上，悄悄地看了又看。我抚摸着它，很想给电车里所有的人都看一看，可是他们谁都没看它一眼。要是有人能看一眼这美丽的包袱皮，哪怕只是稍微看上一眼，那么让我嫁给他都没问题。

一想到“本能”这个词，我就想要哭出来——本能的力量如此强大，凭我们的意志根本无法改变。每当我从自身经历过的种种事中体会到这一点时，就觉得自己简直要疯了。我该怎么做才好呢？真是一脸茫然。这并非一个否定或肯定的问题，而是如同一件庞然大物，朝我猛地迎头盖过来。然后，这个庞然大物将我拽来扯去。我便任由其扯着，心里在感到满足的同时，还会生出另外一种感情——一种以悲哀的情绪注视着眼前这一切的感情。为什么我们不能仅靠自己便能获得满足感呢？为什么我们不能一辈子只爱自己呢？看着自己既有的感情和理性逐渐被本能所吞噬，我心里真是难受。在短暂地忘掉自己之后，心中剩下的便只有沮丧。在不同的自己身上，都清晰地存在着本能——我在渐渐明白这一点后，便忍不住想哭。我想喊妈妈，我想喊爸爸。可是，也许“真实”这东西，正出乎意料地存在于自己觉得讨厌的那些地方。这样一想，我便更加觉得难为情了。

到御茶水[①]了。我下车走上站台，不知为什么，刚才的一切都从脑海中消失殆尽。我努力地想尽快回想出刚才的事，却一点都想不起来。那就想想接下来的事吧？却又心中急躁，也是一片空白，空荡荡的。彼时也会有很多曾经深深打动我的事情，也会有些痛苦或者羞耻的事情。可是它们一旦成为过去，我就会像什么都没有发生过一样。当下这个瞬间，很是有趣。就在我用手指按住“当下、当下、当下”的时候，这个“当下”已然向着远方飞去，新的“当下”已经到来。我咚咚咚地爬上桥上的楼梯，心里暗暗嘀咕：这是怎么回事呢？傻乎乎的，真蠢！也许，我有点太幸福了。

今天上午的小杉老师很美丽，就像我的包袱皮那般美丽。小杉老师很适合这套美丽的蓝色衣服，胸前点缀的火红的康乃馨也让人眼前一亮。如果她不是那么装模作样，我一定会更加喜欢她的。可是她太能装了，看着总让人觉得不得劲儿。这么能装，她

---

① 御茶水，日本东京都文京区汤岛至千代田区神田一带的区域，此处指御茶水站。

也是很累的吧？她性格中有一些让人捉摸不透的地方，让人一头雾水。明明性格阴郁，可偏要做出一副开朗明媚的样子给人看。但无论怎样，她都是一位很有魅力的女性。这样的一位女性却屈居在教师这个位置上，我觉得有些可惜。虽然她在课堂上不如之前那么受欢迎了，但我仍然与之前一样仰慕她。我觉得她就像一位千金大小姐，住在湖光山色之畔的古城之中。

哎呀，真讨厌，我怎么不知不觉开始赞美她了？小杉老师讲的内容为什么总是这么生硬刻板呢？该不会是因为她脑子不太聪明吧？啊，这真是可悲。她从刚才开始，就一直对我们滔滔不绝地讲着爱国精神之类的，可这些事还用她讲吗？谁会不知道呢？无论是什么样的人，都会爱着自己的生身之处啊！真是没意思。我用手托着腮帮支在桌子上，呆呆地望向窗外。天上的云彩很好看，可能是风大的缘故吧。外面院子的角落里开着四朵玫瑰花，一朵黄色的，两朵白色的，一朵粉色的。我望着这些花呆呆地想：其实身为一个人，还是有些益处的。你看，发现花朵之美的就是人啊，爱着花朵的也是人嘛！

吃午饭的时候，大家讲起了鬼故事。当康平姐讲起东京第一高等学校里的七大异闻之一，就是那扇“不可打开的禁忌之门”时，大家都被吓得“哇哇”叫作一团。这个故事不是那种硬生生地为了吓人而吓人，而是从心理上营造出恐怖的氛围，听着还挺让人入迷的。因为大家闹的动静太大，所以尽管刚刚吃过午饭，却又都饿起来了，于是我赶紧去卖红豆馅面包的老板娘那里要来一些奶糖吃。然后，大家又开始专心致志地讲了一阵鬼故事，好像每个人都听得津津有味，可能因为它对我们来说，是一种新鲜的刺激吧！随后，我们又讲了“久原房之助”①的故事，虽然不是鬼故事，但也是一个很奇怪的故事。

下午的美术课上，大家都去校园里练习写生了。可这个伊藤老师为什么总要给我找些麻烦呢？净是为一些无聊的事情。就像今天，他又让我给他做画画的模特。我早上带到学校的旧雨伞，在班上引起了很大关注，大家都很喜欢，围在一起闹哄哄地乱作一团，最后终于连伊藤老师也听说了这把伞。于是他让我拿着它，站到校园一角的玫瑰花一旁，说要把这幅场景画下来，等下次拿去参加展览。我答应他只做三十分钟的模特——能够帮助别人，哪怕只是一丁点儿，心里也总是快乐的。不过，和伊藤老师这样两个人面对面相处，实在让人感到疲惫。他总是絮絮叨叨，道理说起来一套一套的，让人不胜其烦。再加上，可能他太过在意我的存在了吧，就连画素描起稿时也一直喋喋不休，说的还都是与我相关的事情。我回答起来也觉得很费事，真是太烦人了。这伊藤老师，真不是个爽快人呢。你看他，一会儿莫名其妙地笑笑，

① 久原房之助（1869—1965），日本实业家，创立了久原矿业所、日立制作所等企业。

一会儿又显出一脸害羞的样子——明明是个老师，害什么羞啊！总之，这个老师就是磨磨唧唧的，一点都不干脆、不痛快，简直让人反胃。他说着什么“想起了自己死去的妹妹”之类的，唉，真受不了。要说这个人吧，倒是一个好人，但就是太能装了。

不过说起能装，其实我也很擅长，水平并不亚于老师。并且我还很狡猾，善于投机取巧。可说到底这也是装腔作势，所以最后总不免以尴尬收场。即便我会说些“自己装得太过了，已经成了一个被装出来的样子牵着鼻子走的撒谎妖怪了”什么的，可这其实也正是另外一种装出来的样子，所以我依旧陷在“装”之中，走不出去。就这样，我一边乖乖给老师当模特，一边在心里深深地期望：“一定要表现得自然些、率真些呀！别再看什么书了！这种只剩下观念的生活，这种毫无意义的自以为是、傲慢的不懂装懂，真是让人瞧不起，瞧不起！”我好像经常会思考很多东西，还会为之苦恼，比如动不动就想什么“唉，我找不到生活的目标了”“要是能对生活，对人生能更加积极向上些就好了”“我这个人是不是很矛盾啊”，等等，但这些不过都是多愁善感、无病呻吟，不过都是在怜惜自己、安慰自己罢了。并且，我还太把自己当回事了。啊……竟然让我这个内心污浊的人来当模特，伊藤老师这幅画肯定不会被展会选中。因为它画的是我，所以不可能是一幅美丽的画作。我不禁觉得伊藤老师简直就是个傻瓜，虽然这种想法非常不好。我在内衣上绣了一朵蔷薇花，可他连这件事都不知道。

如果就这么一声不吭地保持同一个姿势站着，我就会没来由地特别想要钱，哪怕十日元也好。我最想看的书是《居里夫人传》[①]，想读上一整晚。然后我突然想，祝愿妈妈能够长命百岁。给老师当模特，真是太难受了，累得不行，简直筋疲力尽。

放学后，我同寺庙住持家的金子[②]偷偷跑到那家“好莱坞”发廊剪了头发。剪完之后我一照镜子，发现和想象中的发型根本不一样，真是太失望了。无论从哪个角度看，顶着这个发型的我也是一丁点儿都不可爱的，真是太悲惨、太沮丧了。我是抽了什么风，竟然要偷偷来这种地方剪头发？现在好了，我简直像一只恬不知耻的母鸡！唉，太后悔了。我们来到这种地方剪头发，简直是在作践自己。金子却很兴奋，竟然说起了什么“不如，咱们就这样直接去相亲吧”等不知道害臊的话来。她说着说着，好像还产生了些错觉，好像自己真的已经定下来要去跟谁相亲了似的。她在那儿认真地考虑着：“这种发型，应该配什么颜色的花才好看呢？”“和服上应该配一条什么样的腰带才好呢？”她可真是一个什么都不走脑子的可人儿呢。

“你这是要去跟谁相亲呀？”我也索性笑着问她道。

---

① 《居里夫人传》，出版于1937年，作者是居里夫人的次女艾芙·居里。

② 日本的僧人是可以结婚生子的。

“不是都说，术业有专攻吗？”她一本正经地回答道。

我有些吃惊，问她是什么意思，她说：“卖年糕的做的年糕才好吃嘛！那寺院住持家的女儿，当然还是要嫁到寺院里呀！这样再好不过了，一辈子都不愁吃穿的！”

听到这样的回答，我再次大吃一惊。这个金子看起来似乎没有什么个性，但也正是因此，反而让她浑身充满了女人味儿。我和她在教室里的座位是挨着的，对她却不甚亲近。可这个寺庙住持家的小姐，总是会主动跟大家介绍我说“这是我最好的朋友”之类的，也真是个可爱的姑娘呢！她每隔一天就会给我写信，平日里也总是很照顾我，总是对我很好。我虽然对此心存感激，可她今天的闹腾劲儿实在太过夸张，我心中到底还是觉得不太畅快了。

和金子分开之后，我坐上了公交车，心里还是十分郁闷。在公交车上，我看到一个讨人厌的女人。她身穿一件衣领很脏的和服，发髻乱蓬蓬的，发红的头发缠绕在头上插着的发梳中。她的手脚也都很脏，那张脸长得又红又黑，看上去怒气冲冲的，简直分辨不出是男是女。再仔细一看，啊，简直让人冒火，那个女人大着肚子呢，还时不时地自己在那儿悄悄地傻乐，真是一只母鸡！可我呢？偷偷地跑去什么“好莱坞”弄头发，和这个女人完全没什么两样嘛！

我又想起今天早上在电车上，坐在我身边那个浓妆艳抹的大妈。啊！太脏了，太脏了，女人真是讨厌。正因为我自己也是女人，所以就更加了解女人体内的那些肮脏，简直对这些恨得咬牙切齿。那种肮脏感，就好比拨弄完金鱼之后，令人无法忍受的鱼腥味儿弄得满身都是，无论怎么洗都洗不掉的感觉。然后就这样日复一日地积累下来，最后自己也会逐渐散发出这种令人厌恶的雌性气味儿吧！一想到这儿，再加上心中预想到的一些其他的事情，我便觉得还不如干脆就这样，在少女时期早早死掉算了。我现在突然很想生病，生那种很重很重的病，然后出很多汗，像瀑布一样，最后身体又瘦又弱。若是能这样，那么或许我可以彻底变得洁净起来吧？只要活着，有些事终究是难以幸免的——我感觉自己好像有点理解那艰深的宗教意义了。

下了公交车，我稍稍松了一口气。交通工具什么的我实在是不想坐了，里面的空气滞浊沉闷，真是让人受不了，还是踩在大地上好。这样踩在泥土上走着走着，我就会喜欢上自己呢！唉，有些肤浅了。

回家吧，回家吧，看着什么回家呢？看着田里的洋葱回家吧，青蛙都叫啦，快快回家吧！①

① 出自日本童谣《回家吧回家吧》(《かえろかえろと》)，创作于1925年，北原白秋作词，山田耕筰作曲。

我小声唱着这首儿歌，心想，我还真是个不慌不忙、悠闲自在的孩子啊！但总是这样怎么行呢？于是我自己都开始着急了，简直急死人了。我开始讨厌起自己这个只有身高在长的人了，我想成为一个好姑娘。

我对这条每天回家时都要经过的乡间小路，已经太熟悉了，以至于都忘记了乡下是多么宁静了。此时我眼里就只有树木、道路、农田，对其他的已经无动于衷。那么今天，我就试着变换一下角色吧！就假装成一个从其他地方第一次来到这乡下的人好了。嗯……那，我就装成是一个在神田[①]附近经营木屐店的老板家女儿吧！现在是她有生以来第一次踏上这片郊外的土地。这乡下在她眼里会是什么样子呢？这主意真是棒，也真是可悲啊……我脸上变得一本正经起来，故意夸张地四处打量。走过小林荫道时，我抬头仰望着树枝上的片片新绿，就小声地发出“哇”的感叹；从小桥上经过时，我低头望着桥下的小溪水，看了一会儿自己在水中的倒影，就学着小狗“汪汪汪”地叫了几声；看向远处的田地时，我眯起眼睛，做出一副心旷神怡的样子，就在嘴里小声感叹道“真好看啊”；走到神社的时候，我又休息了一小会儿。神社周边的森林很阴暗，于是我没坐一会儿就赶紧起身，嘴里说着“好可怕，好可怕”，然后缩头缩脑、慌慌张张地穿过了森林。

---

① 神田，日本东京都千代田区东北部一带，域内多大学、书店和出版社。

来到森林之外的明亮之处，我又故意做出一副惊讶的样子。就这样，我留意着这乡间小路上的种种新奇，入迷地看着它们。就这么走着走着，心里却止不住地溢出悲伤。

终于走到了路旁的一片草地，我一屁股就在那儿坐了下来。一坐下，刚才那种兴奋的心情便“嗖”的一声消失不见，取而代之的是突然产生的认真和正经。我就这样静静地、慢慢地思考着最近的自己：现在的自己，为什么这么不像样子呢？为什么会这样不安呢？我总是在害怕着什么。前几天还被别人说：“你真是越来越俗气了呢！”也许吧！我确实变得不像样子了，变得庸俗了。这可不行，太糟糕了。自己太懦弱了，太懦弱了！我突然很想“哇”地大喊一声。切，凭着大喊那么一声，就想掩盖自己的懦弱，怎么可能！必须另想办法。也许，我是爱上别人了吧？我仰面朝天地躺在那片绿绿的草地上，喊了一声“爸爸”！

爸爸！爸爸！晚霞映照的天空很美，暮霭是粉红色的。夕阳的光芒融入暮霭之中，氤氲开来，所以这暮霭才会呈现出这种绵柔的粉红色吧！这粉红色的暮霭轻缓流动，一会儿在树丛的间隙中若隐若现，一会儿在小路的上空轻移巧动，一会儿又抚上了这绿绿的草地。于是，我整个人也被轻柔地包裹进了这粉红色之中。这粉色的光芒微微地照耀着我的每一根头发，且温柔地抚摸着它们。不过，更美的还是这天空啊！对着天空低头致敬，这是我自出生以来第一次。现在，我相信有神明存在了。这天空的颜色，究竟是怎样的一种色彩呢？玫瑰的颜色？火焰的颜色？彩虹的颜色？天使之翼的颜色？大伽蓝[①]的颜色？不，都不是，这种颜色比以上那些神圣得多，庄严得多。

“我要热爱这一切。”

我这样想着，几欲落泪。我静静地望着这天空，发现天空的颜色已渐渐改变，蓝色渐次变浓。唉！我只能叹一口气，很想把衣服脱个精光。并且，我眼中的树叶与草丛从未像现在这般透明、这般美丽。我伸出手，轻轻地抚了抚地上的小草。

我想要美好地活下去。

回到家一看，家里来了客人，妈妈也已经回来了。今天和往常一样，客厅那边不知在聊些什么，只听那里传来了热闹的说笑声。当妈妈和我单独在一起时，无论脸上的笑容多么灿烂，她都不会笑出声来。可是当她和客人聊天时，即使脸上毫无笑意，也会发出很大的笑声。

我去客厅问候之后，就立刻绕到后面的房间，在井边洗了洗手，还把袜子脱下来，洗了洗脚。这时，鱼店的老板来了，跟我说了声：“让您久等啦！承蒙您关照，非常感谢！”说罢，他把一条大鱼放到水井边就回去了。虽然不知道这叫什么鱼，但是看它细密的鱼鳞，便觉得它像是产自北海道的鱼。我把它放到盘里

① 大伽蓝，大规模的寺院。

之后重新洗手时，一股北海道夏天的腥味儿便扑面而来。于是我想起了前年暑假，我去北海道的姐姐家玩儿时的情景。

姐姐家住在苫小牧[①]，因为离海很近，所以家中永远都弥漫着一股鱼腥味儿。傍晚，姐姐独自在那间空荡荡的宽敞厨房中，用她那柔软白皙的手熟练地料理着手里的鱼——这幅画面清晰地浮现在了我眼前。我想起那时，我没来由地、迫切地想对姐姐撒撒娇。可是姐姐那时已经生了小年，她已经不再属于我了。一想到这些，我只觉得有阵阵冷风袭来。我一直静静地站在厨房幽暗的角落中，凝视着姐姐那白皙、温柔、不停在忙碌的手指，感觉恍恍惚惚的。我心中充满了死一般的寂寥与落寞，可无论怎样，也无法再拥抱姐姐那纤弱的肩膀了。对于往事，每个人都是会怀念的。所谓亲人，真是一种不可思议的存在。若是外人，一旦与我们分开，相隔甚远时，关系便会渐渐冷淡，直至忘记。可若是骨肉至亲，那些令人怀念的美好回忆，会时常情不自禁地涌上心头。

井边的茱萸果已经微微泛红，再过两个星期应该就能吃了吧！去年的这个时候很搞笑：某天傍晚，我自己正在采茱萸果吃，看到恰皮在一旁默默地看着。我觉得它怪可怜的，就给了它一个，它一下子就吃掉了。于是我又给了它两个，它也都吃掉了。我觉

---

① 苫小牧，日本北海道西南部城市，临太平洋。

得这很有意思，便使劲儿晃动树干，让果子们哗啦哗啦地掉到地上。恰皮见状，立刻开始大快朵颐，真是个小傻狗！我还是第一次见到吃茱萸果的狗呢！于是我和它，一个踮起脚尖够着树上的果子吃，一个低下脑袋吃着地上的果子，那情景真是搞笑。我想起这件事后，忽然感到很想恰皮，于是便喊了一声：

“恰皮！”

恰皮从玄关那边装模作样地跑了过来，我怎么忽然觉得它这么招人喜欢呢？我使劲儿攥了攥它的尾巴，它便轻轻地咬了我的手一下。啊，忽然好想哭……我拍了拍恰皮的脑袋，它也没在意，只在那里喝着井边的水，喉咙里发出“咕咚咕咚”的声音。

走进房间，屋里的灯光幽暗朦胧，哪里都是静悄悄的。爸爸不在……爸爸不在，到底还是会觉得，家里有一大片地方都空落落的，让人痛苦得想要挣扎。我换上在家穿的和服，把内衣脱下来，轻轻亲吻了一下上面绣着的蔷薇。我刚在梳妆台前坐下，就听到客厅那边传来妈妈与客人的谈笑声，不由得生起了气。要说妈妈这个人，只有我和她两个人在一起时还好，一旦有客人到访，她就会莫名其妙地疏远我，对我冷冷淡淡的。每当这时，我就最想念爸爸，心中也会十分悲伤。

照照镜子，只见我的容貌既鲜活又生动，简直令人惊叹。可是这张脸，就好像是脱离我之外的另外一个存在，它与我心中的那些痛苦、那些难过全然无关，只是作为另一个独立的个体，正在自由自在地活着。今天我明明没有打腮红，脸蛋儿却这样红扑扑的，樱桃小口也红润有光泽，真是招人喜欢呢！我摘下眼镜，偷偷地咧嘴笑了笑，啊！我的眼睛可真是好看哪！青涩又纯真，澄澈且透明。可能是因为我盯着傍晚美丽的天空看了许久，所以眼睛才变得这么漂亮吧？真是让人欣喜。

对着镜子欣赏半天，我都有些飘飘然了。可是走到厨房淘米的时候，心里又悲伤起来。我好想念以前住在小金井①的时候啊！想得心都痛了，似是要烧起来一样。在那个美好的家里，爸爸在，姐姐也在，就连妈妈，那时也是年轻的妈妈。我放学回家后，就会和妈妈、姐姐在厨房或者客厅里兴致勃勃地聊天。我吃吃零食，跟她俩撒撒娇，和姐姐吵吵架，再挨一顿骂，最后就自己跑出去，骑上自行车去很远的地方绕一圈。然后傍晚的时候回到家，开开心心地吃晚饭。那时是真的很开心呢！我既不用像这样总是审视自己，也不会像这样别别扭扭地内心肮脏，我只管撒娇就好了——那时，我是在享受着多么大的特权啊！而且能享受得那样理所应当，那样不以为意。我无须担忧什么，心中既没有寂寞，也没有痛苦。我爸爸是个优秀的好爸爸，姐姐也是个温柔的好姐姐，我总是喜欢缠着她。可是随着我渐渐长大，我自己就变得龌龊了起来，也在不知不觉间失去了之前的那些特权。我简直就是赤身裸

① 小金井，日本本州关东地方中部城市。

体，啊，太丑了，真的太丑了！我不能再向谁撒娇了，一点都不能了。我整日陷入胡思乱想，身边那些令我痛苦的事情越来越多。姐姐出嫁了，爸爸也不在了，只剩下妈妈和我了。妈妈……她心中一定也全都是寂寞吧？上次她还说："我今后的生活已经没有什么盼头了。即便是看着你，我也真的感觉不到什么快乐……原谅我这么说吧，不要恨我。我的幸福……如果没有你爸爸在，那便不会再幸福了。"妈妈说，看到蚊子飞来飞去，她就会想起爸爸；拆洗衣物时，会想起爸爸；修剪指甲的时候，会想起爸爸；喝到好喝的茶的时候，也一定会想起爸爸。无论我怎样安慰妈妈，陪她说话，可我终究不是爸爸，代替不了爸爸。夫妻之爱是这世上最为强大的东西，它一定比骨肉亲情更加宝贵，这让我觉得很骄傲。

哎呀，孩子家家的，在这儿想大人的事！我一下子脸红了起来，用沾湿的手把垂下来的头发拢了上去。我一边"唰唰"地淘着米，一边发自内心地想：妈妈真是好可爱，也好可怜，今后我得好好关爱她。我现在这头烫着波浪的头发，要是赶快解开任其生长，可能就能长得快一些了吧？我想把头发再留长一些。妈妈以前就不喜欢我的短发，要是我把头发留长，梳得整整齐齐的给她看，她一定会很高兴吧？可是为了让妈妈高兴而做到这种地步，我不愿意。这怪卑微的，我可不喜欢。

仔细想来，我最近的焦躁和妈妈有很大的关系。我想做一个合妈妈心意的好女儿，但也不想为了这个就可劲儿去讨好她。我想，若是即便我什么都不说，妈妈也能明白我心意的话，就再好不过了。我无论多么任性，都绝不会做那些成为世人笑柄的事情。即便我心中痛苦、寂寞，在那些重要的事情上，也一定不会行差踏错。我很爱妈妈，也很爱这个家，非常非常爱。所以，如果妈妈也能对我给予绝对信赖，把家里的一应事宜都交给我，她只需要每天悠闲地无所事事就可以了。我一定能做得很好，会为了这个家鞠躬尽瘁。这对现在的我来说，既是最大的喜悦，也是我今后的生活道路。可是妈妈一点都不信赖我，还是把我当成一个小孩子看待。如果我说一些孩子气的话，做一些孩子气的事，妈妈看了就会很高兴。上次也是，我故意傻乎乎地拿出尤克里里，拿在手中拨弄着玩儿。妈妈见了，就一副非常开心的样子逗我说："哎呀，这是下雨了吗？听着好像是屋檐上在滴雨的声音呢！"好像我是真的迷上了尤克里里似的。这让我觉得很可怜，简直让我想哭。

妈妈呀！我不再是个孩子了，我已经是个大人了，已经明白这人世间的所有事情了呀！无论什么事情，你都可以放心地来找我商量呀！咱们家的经济状况不好，但是只要你跟我坦诚地说清楚，毫无保留——只要你跟我说："咱们家就是这样一种情况，你得理解。"那么，我就绝不会再跟你软磨硬泡地要买什么鞋子了。我会成为一个让你靠得住的、非常非常俭朴的女儿，真的！

我肯定会的！尽管如此，你却从来没对我这么说过……啊，我想起有一首歌的名字就叫《尽管如此》呢！我一个人“哧哧”地偷笑起来。回过神来才发现，我双手伸在锅里，正呆呆地像个傻子似的，天上一脚地上一脚地想个不停。

不行不行，得赶紧做晚饭招待客人了。刚才送来的那条大鱼，怎么做才好呢？嗯，先切成三段，用味噌腌上吧！这样的话，一会儿吃起来一定很好吃，做饭靠的就是感觉。这儿还剩着一点黄瓜，把它用料酒、酱油、醋、糖什么的凉拌一下吧！然后做一道我最拿手的厚蛋烧。最后再来一道……啊，对了！做一道洛可可[①]料理吧，这可是我的独创呢！在盘子中摆上火腿、鸡蛋、荷兰芹、卷心菜、菠菜等，所有厨房里能用的食材统统摆上。五颜六色，相得益彰，不需要耗费太多心思，摆起来也省事。它们经济实惠，虽然一点都不好吃，可是能让餐桌看起来比较华丽，会让人觉得这是一桌非常奢侈的美味佳肴。鸡蛋旁边点缀以荷兰芹作为青草，旁边那盘火腿似是红色的珊瑚礁，羞答答地露出了脸庞。卷心菜黄色的叶片像牡丹花的花瓣，铺在盘子上的样子就像羽毛扇子。青翠逼人的菠菜，既像一片牧场，又像一汪湖水。两三个这样的菜肴端上桌子，客人一定会不自觉地联想起路易王朝

---

① 洛可可（rococo），18 世纪流行于欧洲的一种装饰风格，以华丽的曲线图案为主，注重纤细、优美感。

吧？啊，应该也不会吧，它们也不至于美到这个地步。反正我也做不出什么好吃的，所以至少要在外形上做得漂亮一点，让客人眼花缭乱，借此蒙混过关。

菜的卖相是最重要的，只要卖相过关，其他都是次要的，容易蒙混。可是，做这洛可可料理需要具备相当的绘画功底。就说色彩的搭配吧，若是对色彩没有超乎常人的敏感度，那就做不出成功的洛可可料理。要说这敏感度嘛，至少也要达到我这样的程度才行。前几天我查了一下“洛可可”这个词，它在辞典中被定义为“华丽而空洞的装饰风格”，看完我就笑了——这个定义可真是到位。美，怎么会有内涵呢？纯粹的美，总是无意义的、无道德的。这是必然的，所以我喜欢洛可可。

我像往常一样，在做菜的时候尝尝这个、尝尝那个，可尝着尝着就生出了严重的虚无感。我只觉得累得不行，心里十分郁闷，对所有事情的尝试和努力都已经到达了极限。真是够了！什么都无所谓了！怎样都无所谓了！终于我叹了口气，“唉”的一声决定自暴自弃，什么味道什么卖相，就这样吧！我胡乱地鼓捣了一通，手忙脚乱地做完了所有的菜，便以一脸不爽的样子给客人端了上去。

今天的客人格外让人郁闷，是那对家住大森[①]的今井田夫妇，

① 大森，原为大森区，现日本东京都大田区东部地名。

还有他们今年七岁的儿子良夫。今井田先生年近四十，却仍然像个美男子一样肤色白皙，看着令人生厌。为什么他要抽敷岛这个牌子的烟呢？香烟还是得两头都切掉的那种才最好，不然总让人感觉不干净。抽敷岛香烟的人，简直连人格都令人怀疑。只见他朝着天花板吐出一阵阵烟，嘴里应和着什么“哦，哦，原来如此”。听说他现在是一所夜校的老师。而他的夫人身材矮小，畏畏缩缩，且没什么品位。即便是聊到一些无聊的事情，她也会夸张地笑得俯下身子，简直要把脸贴到榻榻米上去了。有什么可笑的？还笑成这样？她应该是误以为，像这样夸张地笑倒在地，是一种高雅的行为吧？在如今这个世界上，像她这种阶级的人恐怕是最坏的、最肮脏的！她们这个阶级叫什么……小资产阶级吧？还是什么小官员来着？他们那个七岁的孩子良夫，也是一副自命不凡的样子，一副大人做派，丝毫没有一个孩子应该有的率真与活泼。

我虽然心里这样想，但还是拼命将这种情绪压制了下去，面上应付得很周到。比如对着客人一家行个礼啦，与他们说说笑笑啦，夸夸良夫真可爱、真可爱啦，摸摸他的头啦什么的，我这简直就是在撒谎欺骗他们嘛！这样看来，也许这今井田夫妇反倒比我诚实单纯得多呢！他们吃着我做的洛可可料理，还夸赞了我的厨艺。我却只生出一种似是悲戚又似是愤怒的感觉，让我很想哭。尽管如此，我还是努力表现出一副开心的样子，陪着大家一起吃完了饭。那个今井田夫人满口都是没有水平的恭维，我听着到底还是来气。于是我决定不再说那些迎合的话，对着她正色道：“这样的饭菜，真的一点都不好吃。因为家里什么都没有，这都是我没有办法的办法。”

我自以为如实说出了事实，今井田先生夫妇却笑得合不拢嘴，说我那句“没有办法的办法”说得实在是太好了，还直给我鼓掌，这让我觉得很可惜、很气恼。我恨不得把筷子和碗都摔掉，然后放声大哭。但我一直静静地忍耐着，强装着对他们笑脸相迎。这回连妈妈都说：“这孩子，也能派上用场了呢！”对于我心里的悲戚，妈妈明明都明白，可是为了迎合这对夫妇，她竟然也说出了这样无聊的话，还在那儿笑呵呵的。

妈妈呀，你不用那么讨好今井田夫妇啊！每当妈妈面对客人的时候，妈妈便不再是妈妈，只是一个弱女子了。妈妈呀，你不能因为爸爸不在了，就这么卑躬屈膝的啊！我觉得很丢脸，什么都说不出来了。“你们快走吧，快走吧！我爸爸是个了不起的人，是个特别好的人。他待人亲切，人格高尚。如果你们因为我爸爸不在了就这么瞧不起我们，那你们就快走吧，马上离开我家！”我很想对今井田夫妇这么说。尽管如此，我到底还是太软弱了，只是在那儿一会儿给良夫切火腿，一会儿给今井田夫人夹咸菜。

吃完饭，我立刻躲进厨房，开始收拾善后。之所以如此，是因为我想尽快一个人待着。这并非我心高气傲，而是觉得自己没有必要继续对着那种人们违心地附和，也没有必要继续强颜欢笑了。对于那样的人讲礼貌，不不，应该说是阿谀奉承——对于他们，绝无这样的必要。太烦了，我已经烦得不行了，我已经尽我所能在好声好气地招待他们了。而妈妈，她不是也很乐于看到我今天对客人那种百般忍耐、曲意逢迎、讨人欢心的姿态吗？可是人活在世上，仅凭这样就可以了吗？到底是应该把交际应酬与坚持做自己区分开来，分得清清楚楚、明明白白，按照世俗标准去待人接物，还是即便被人恶语相向，也要坚定地做自己，永远都不迷失自我，坦坦荡荡、锋芒毕露地活着呢？我不知道哪种方式才是好的。我很羡慕那些一辈子都能只和与自己同样弱小、善良、温暖的人打交道的人。说到辛苦，如果无须辛苦即可过完一生，那么谁会特地去找苦吃、找罪受呢？若真能这样，该有多好啊！

当然，压抑自身的感受去迎合别人、服务别人，这无疑是一件好事。可是，如果今后每天都要对着今井田夫妇这样的人强颜欢笑，如同一只应声虫的话，那我可能哪天就被逼疯了。我可是一个受不了这种束缚的人，我是不能待在监狱里的——这个可笑的想法一下子浮现在我脑海中。但别说什么进监狱了，我就连女佣也是做不来的，更做不了人家的太太。不，要说做人家的太太，那还是不一样的。如果我真的决定为某个人奉献一生，那么无论为他受多少苦、挨多少累，我都能甘之如饴。哪怕我的皮肤会被晒得黝黑，我也会努力劳作，因为这能让我充分感受到活着的意义，感受到生活的希望。所以即便是我这样受不了束缚的人，也能做得很好，这是自然而然的，无须怀疑。我会像一只不停奔忙的小白鼠一样，从早到晚地为他辛勤操劳。我会挽起袖子，把所有需要清洗的衣物都大洗一通，因为我受不了看到一堆脏衣物堆在那里，这会让我心情烦躁，会让我歇斯底里一般无法静下心来，会让我有种死不瞑目的感觉。除非我把所有脏衣服全洗完，一件不剩地搭到晾衣竿上晾晒，我才会觉得满足，才会觉得死而无憾了。

今井田夫妇要走了，但又好像有什么事需要帮忙，于是他们叫上妈妈一起走了。要说妈妈也真是的，嘴里一直附和着他们“好的，好的”，然后就跟着他们一起走了，这是妈妈的缺点。可是那今井田夫妇更加过分，他们已经不是第一次这样麻烦妈妈了，真是厚颜无耻，讨厌得不能再讨厌了，好想揍他们一顿啊！我把他们一行人送到门口，一个人呆呆地望着夕阳下的小路，有点想哭。

信箱里放着当天的晚报和两封信。一封是寄给妈妈的，里面是松坂屋[①]的夏季商品销售指南。另一封是表哥顺二寄给我的，

① 松坂屋，日本一家大型百货商店，始创于1611年。

内容很简单，说他这次要调到前桥[①]的连队去了，让我替他向妈妈转达问候。虽然说军官们的生活也不能期待能有多么精彩，但是每天严格的作息还是很让人羡慕的。他们的身体总是处于各种规律之中，所以心理上应该比较轻松吧！可是我呢？我什么都不想干，就可以什么都不干；无论我想做多么坏的事情，我都可以肆意妄为；我想要学习，那便学习多长时间都行；若是有想要的东西、想做的事情，那么大部分应该都能被满足。可是，要是能有人给我画一条明确的界限，告诉我“从这儿到那儿就可以了”，那么我心里该多么轻松啊！若是能有什么限制能把我结结实实地束缚住，我反而会十分感激。

曾经有本书上说，前线的士兵们只有一个愿望，那就是能够安安稳稳地睡上一大觉。士兵们的艰苦的确让人同情，可是我对此羡慕得很。从惹人厌烦、琐碎不堪、不着边际的思虑的洪水中彻底抽离出来，仅仅想要睡个安稳觉，这种状态实在是纯洁又简单的，我只是这样想想，都觉得痛快。我这样的人，就应该至少去体验一次军队生活，去那里狠狠地锤炼一番。或许那样，能让我向着成为一个飒爽、美丽的姑娘稍稍迈进一些吧！但即便不经历军队生活，我也应该做一个像小新那样真诚的人。可我这个女子，根本一点都不像样子，根本就是个坏孩子。

---

① 前桥，日本群马县县厅所在地，距东京都约 100 公里。

我说的小新是顺二表哥的弟弟，明明年纪和我差不多大，可他为什么就是个那么好的孩子呢？在我所有亲戚之中，不，在这个世界上，我最喜欢的人就是小新了。小新小小年纪就双目失明，不知那是一种什么样的感觉？像这样宁静的晚上，小新独自待在房间里，会是一种怎样的心情呢？我们这些健全的人，即便有时会感到寂寞，至少还可以读读书、看看景色，借此排遣一下。可是小新在寂寞时无法像我们一样做这些事情，他只能默默地一个人挨着。他一直都加倍地努力，拼命地学习，而且很擅长网球和游泳。可是，他是如何面对此时此刻的寂寞和痛苦的呢？我昨天晚上也想起了小新，于是就躺在被窝里，试着闭了五分钟眼睛。即便只是在被窝里躺着，闭着眼的五分钟也显得十分漫长，让人觉得很是难受。而小新每分每秒，不分昼夜，无论过多少天，无论过多少个月，都是看不到东西的。若是他怨天尤人一下，发发脾气，使使性子，我心里还能好受一些。可是他什么都没有抱怨过。我从未听见小新抱怨什么，也从未听见他说别人的坏话。不仅如此，他说起话来还总是很开朗很阳光，一脸天真，可这让我更加难过，心里像是被针扎一般。

我一边在脑子里东想西想，一边打扫着客厅的房间，然后就开始烧洗澡水。等水热的工夫，我坐在一个蜜橘箱子上，借着微微燃烧的幽暗的煤炭光亮写作业，可直到写完作业，洗澡水都还没有热，于是我又拿起《濹东绮谭》[①]，接着上次的地方看了起来。这书里写的那些事实，倒绝非那种惹人厌恶、肮脏阴暗的东西。可这本书的作者一直是一副装腔作势的样子，这在书里随处可见。这样一来，到底是让人觉得有些陈旧、不甚可靠了。他这么写，是因为上了年纪吗？但是那些国外的作家，无论年纪有多大，都会比这更加大胆地爱恋着心上人。他们这样大大方方地表露，反而不会招人厌烦。但是，这部作品在日本应该能算一部好作品了吧！从作品深处，读者能感受到作者那不加掩饰的、沉静的旷达与达观。在这位作者的作品中，这一部是写作技法最为老练的，我很喜欢。我觉得，这个作者应该是个责任感非常强的人。我也觉得，他的很多作品都由于十分拘泥于日本的道德桎梏，反而产生了反效果，显得过于夸张浓烈。这是感情饱满的人常有的一种不好的习惯，他们故意戴上一副浓艳刺眼的恶鬼面具，到头来反而削弱了作品的力量，显得苍白无力。然而这本《濹东绮谭》，透着一股寂寥，带着一种毫不动摇的坚强，这让我很喜欢。

洗澡水已经烧热了。我打开浴室的电灯，脱下和服，把透气窗开到最大，身子静静地滑进浴缸中。我望向窗外珊瑚树[②]的绿

---

① 《濹东绮谭》，日本作家永井荷风（1879—1959）的长篇小说，1937年发表。围绕中年作家大江匡与私娼小雪的交往，刻画了当时日本私娼窟的人情世故。

② 珊瑚树，法国冬青。忍冬科常绿乔木，常用于绿篱、防风林、防火树等。

叶，那一片片的叶子沐浴在电灯的光芒之中，显得璀璨又明亮。夜空中的星星闪闪发光，无论看多少遍，都总是星光闪烁。我正在那里仰着头发呆，忽然又意识到自己这具黯淡的白色身躯的存在。我故意不去看自己的身体，可还是能隐隐约约地感觉到，它就实实在在地存在于我视野中的某个角落里。沉默良久，我不由得发觉，现在我这具白色的躯体好像和小时候的那一团白色不一样了，这可真是让人受不了。我的身体兀自生长发育，与我心中的感受全然没有关系，这让我很是困惑。面对这样一个已经是大人的自己，我却手足无措，什么都做不了，真是难过。难道说，我只能眼睁睁地看着自己长成一个大人吗？我真想永远拥有一个像人偶一样的身体啊，永远都不用长大。

我"哗啦哗啦"地搅动着洗澡水，想做出一副小孩子的天真模样，可心里到底还是提不起劲儿。我一下子觉得，好像从今往后再也没有活下去的理由了，于是心里十分沉重郁闷。院子对面的空地那边，不知是谁家的孩子带着哭腔，喊了一声："姐姐！"这呼喊声传到我耳边，一下子便直击我的心底。虽然这个孩子喊的并不是院子这边的我，可是，我真的很羡慕被这个孩子如此依恋、让他边哭边喊的那个姐姐。要是我也有一个这样依恋着我、对我撒娇的弟弟该多好！哪怕只有一个也好！如果那样，我就不会再像这样每天过得了无生趣，不会心里总是没着没落的了。如果那样，我就会每天活得精神饱满，活得十分有意义了吧？就算是要把自己的一生都奉献给弟弟，我也愿意。为了他，我可以承受任何痛苦，这是我的心里话！唉，我一个人在这儿瞎兴奋什么啊……我可真是可怜啊……

洗完澡从浴缸里出来，不知怎的，我今晚对天上的星星很是惦记，于是又走到院子里。抬头仰望，只觉得那些星星仿佛就要坠下来了似的。啊，马上就要到夏天了呢！周围已是蛙声一片，小麦也在铆足了劲儿生长。无论我抬头仰望多少次，天上依旧星光璀璨。这让我想起去年，不，不是去年，已经是前年了。有一天，我任性地说什么也要出去散步，根本不讲道理。最后爸爸便陪我一起去了，他那时明明在生病，可还是陪我去了。爸爸一直都很年轻。那天陪我散步时，他教我用德语唱了那首“你要活到一百岁，我要活到九十九”[①]的小调，给我讲了星星的故事，还即兴作了首诗给我听。他拿着手杖，“噗噗”地吐着唾沫，使劲儿眨巴着眼睛做惊讶状，就这么陪着我一路散步回家。他真是一个好爸爸……我默默地仰望着天上的星星，真真切切地思念起了爸爸。从那之后过了一两年，我却渐渐变成了一个糟糕的女儿，渐渐拥有了很多很多属于我一个人的小秘密。

回到屋里，我双手托腮坐在桌前，看着桌子上的百合花。这

---

① 日本谚语，日文为“おまえ百まで、わしゃ九十九まで”，意为“你要活到一百岁，我要活到九十九”。是一首表达伉俪情深的小调。

百合可真好闻呀！闻着它清甜的芬芳，我即使就这么一个人无所事事地待着，心里也绝不会生出什么乱七八糟的肮脏想法。这枝花是昨天傍晚我去散步，经过车站往回走时在花店买的。虽然只买了这一枝，它却仿佛让我的房间焕然一新，显得十分清爽宜人。把房间的纸拉门拉开，瞬间就能感受到百合的香气轻轻地萦绕在身边，真是太治愈了。我就这样一动不动地盯着百合花，真真切切地觉得，自己简直拥有比所罗门[①]还要多的荣华。毋庸置疑，这是一种实实在在的、切身的感觉。

我突然想起去年夏天去山形[②]的时候了。爬山时，我看到在一个悬崖的半山腰上，无数百合花正开得绚烂，这让我又惊又喜，沉醉了良久。可我知道，自己根本不可能爬上那么陡峭的悬崖，所以无论它们开得多么美丽，我也只能在远处欣赏它们，其他什么都做不了。而就在这时，一个素不相识的矿工不声不响地爬上了山崖，转眼间就折下一大束百合，多到双手几乎抱不住。随后，他面无表情地抱着它们走到我面前，全都送给了我。

那些百合真的有很多很多，无论多么盛大的舞台或者婚礼现场，应该都没有人收到过这么大捧的百合吧！那些花让我兴奋得都有些晕眩了，这是我第一次有这样的体验。那一大捧洁白的花

① 所罗门（Solomon），古代犹太王国的第三任国王。

② 山形，指日本的山形县，在东北地区。

束，真的是一大捧！我得张开双臂才能把它们都抱起来。它们挡住了我的视线，我完全看不到前方的路了。当时那位好心的矿工，那位实在是让人佩服的、年轻又认真的矿工，他现在怎么样了呢？我与他仅有一面之缘，我们之间的联系，仅仅是他帮我去一个危险的地方采了一大捧百合花回来，除此之外便再无其他。可是每当我看到百合花时，一定会想起他。

我打开桌子的抽屉乱翻一气，翻出一把去年夏天的扇子。扇面的白纸上画着一个元禄时代①的女人，正随意地坐在那里。在她旁边，画着两颗青涩的酸浆果。看到这把扇子，去年的那个夏天就忽然像一阵烟雾般在我脑海中袅袅升起。在山形时的生活、坐火车的场景、夏季的浴衣②、西瓜、河流、夏蝉、风铃……我突然很想拿着这把扇子去坐火车。这把扇子展开时的感觉很不错，"哗啦哗啦"地拉开扇骨，整把扇子便一下子变得轻飘飘的。我正开开合合地玩得起劲儿时，妈妈回来了，看着心情不错。

"啊呀，好累啊，好累啊！"

妈妈嘴上这样说，脸上却并没有显得有多么不开心。她很爱为别人的事情操心，也真是不嫌累。

---

① 元禄时代，江户幕府第五代将军德川纲吉统治时的盛世时代，特指元禄年间（1688—1704）前后的时代。

② 浴衣，夏季的薄款和服。

“刚才呀，怎么说呢，事情比较麻烦。”妈妈边说，边换下和服去洗澡。

洗完澡出来，妈妈一边和我坐在一起喝茶，一边莫名其妙地冲我笑。我正想她会说些什么呢，就听她说道：“前些天你不是一直嚷嚷，想去看那个《赤脚少女》[①]吗？要是真的那么想看，就去看吧！但是作为交换，今晚先帮妈妈揉揉肩膀吧？付出劳动后再去享受电影，会更加有成就感，看得更加开心哦！”

啊！我真是太高兴了！我的确很想看这部电影，可是最近我净玩儿了，别的什么都没干，所以觉得有些心虚。而我这些思虑，妈妈全都看在眼里，所以就给我安排了点任务，好让我做完之后，能够心安理得、大摇大摆地去看电影。啊！太高兴了！妈妈，我太爱你了！我不禁咧开嘴笑了起来。

我感觉，好像已经很久没有这样和妈妈两个人共度夜晚的时光了。妈妈平时的交际非常多，她应该也是为了不被别人轻视，所以一直在很努力吧！我给妈妈揉着肩膀，感到妈妈身上的疲劳仿佛一下传到了我身上。她太劳累了，我要好好对待她。刚才那对今井田夫妇在时，我还在心里暗暗抱怨妈妈，现在想来真是惭愧。

---

① 《赤脚少女》（*MarysaMaryscha*），捷克斯洛伐克电影，1935 年上映。讲述了斯洛伐克村庄中一个少女的悲恋故事。

“对不起。”我小声地嘟哝了一句。我总是只考虑自己，只关注自己，而从内心深处对妈妈总是恃宠而骄，态度粗暴。每当我这样做时，妈妈的心里该是多么痛苦啊！可我之前总是不考虑这些。

自从爸爸离开之后，妈妈真的软弱了很多。我平时总是嚷嚷着心里痛苦、心里难受，并且完完全全地依赖着妈妈。可若是妈妈反过来稍微依赖一下我，我便会感觉好像看到了什么恶心的脏东西，这种想法太不应该了，太任性了。妈妈与我一样，我们都是弱女子。从现在起，我要享受只有我和妈妈两个人相依为命的生活，我要时时刻刻设身处地地为妈妈着想。我要跟她聊聊从前，聊聊爸爸，我要努力把妈妈作为生活的中心，哪怕只有一天也好。然后，我要从这样的生活中，充分地、堂堂正正地去感受生存的价值。我虽然在心里十分关心妈妈，十分想成为一个好女儿，可是一到了言行上，我就总是像个任性的小孩一样。而且最近，我甚至都已经不再像小孩那样干净纯洁了，心里净是想些肮脏羞耻的事情。痛苦、烦恼、寂寞、悲伤，这些说到底，究竟都是什么呢？确切地说，就是死亡。我尽管心里十分明白，可若让我去描述它们，哪怕简短地描述，我也说不出任何一个与之类似的名词，或者形容词，难道不是吗？我只是一味地惊慌失措，最后便会大发脾气，搞得像是真的很理直气壮似的。过去，女人们总是被诋毁，总是被说成奴隶、失去自我的蝼蚁、玩偶等，都很难听。

可是和现在的我比起来，反而是她们更有女人该有的样子——我说的是在积极意义上。她们内心从容，聪明睿智，懂得如何坦然地接受现状，如何以隐忍、服从的方式生活下去；她们完全明白纯粹的自我牺牲之美，也完全明白不求回报的奉献之喜悦。

“哎呀，这个按摩师很棒嘛，很有天分呢！”妈妈像往常一样逗着我玩儿。

“是吧！我可是在用心按摩呢！不过我擅长的可不只是按摩哦，只擅长这个的话，以后活不下去可怎么办！我还有更棒的本领呢！”

我直接把心里的话坦率地讲了出来，而这些话在我听来也都十分爽脆利落。这两三年中，我从未像今天这样天真伶俐地讲过话。

“或许只有认清自己，并与自己和解之后，一个全新的自己、内心平静的自己才会诞生吧？”我开心地想着。

今天晚上，我对妈妈从各种意义上表示了感谢，于是给她揉完肩膀之后，又附赠了一项服务——为她读了一点《爱的教育》[①]。妈妈知道我在看这本书之后，表情一下子显得安心许多。前几天，我正在看约瑟夫·科塞尔的《白日美人》，妈妈从旁边一下子把

① 《爱的教育》（*Cuore*），意大利作家埃迪蒙托·德·亚米契斯（1846—1908）创作的长篇日记体小说，以日记的形式，写了小学四年级学生安利柯在一个学年里的生活。

书抽走，瞥了一眼封皮，然后表情就沉了下来，但什么都没有对我说，就那样直接把书还给我了。而我被这么一搅和，心里十分气恼，也无心再看下去了。妈妈明明应该是没看过《白日美人》的，可仍然能靠直觉判断出内容。我为妈妈出声朗读着《爱的教育》，声音在夜晚的一片寂静之中听着简直有些傻。我就这么读着，却有好几次都觉得很无聊，啊，好对不起妈妈呀！因为周围实在太安静，所以我读书的声音愈加显得傻乎乎的。无论什么时候看《爱的教育》，我内心的感动都跟小时候别无二致。每次看这本书，我都觉得自己的心会变得更加真诚、纯净。真是一本好书啊！我想。我觉得，朗读和不出声默读是很不一样的，不一样到简直令人惊讶、令人咋舌。但是当听到讲安利柯和卡隆的那些情节时，妈妈竟然俯下身子哭了出来。我妈妈也跟安利柯的妈妈一样，是一个了不起的美丽的妈妈呢！

妈妈先去睡了。她今天一大早就出门忙活，现在肯定累得不行了。我帮妈妈把被子铺好，“噗噗”地拍得蓬松些。妈妈总是一躺到被窝里，就会立刻闭上眼睛睡过去。

看妈妈入睡后，我又起身到浴室去洗衣服。这是我最近养成的怪癖，总是在快到半夜十二点时才开始洗衣服。因为我总觉得，把白天的时间都消磨在“哗啦哗啦”地洗衣服上，会有些可惜。不过，也许实际上正相反吧！抬头透过窗户，可以看到天上的月亮。我一边蹲着吭哧吭哧地搓洗衣服，一边偷偷地对着月亮笑了笑。月亮却是一副事不关己的样子。

我忽然觉得，就在这同一个瞬间，在某一个地方，也有一个同样可怜而寂寞的女孩。她也在这样洗着衣服，也在洗衣服的时候这样对着天上的月亮偷偷地笑了一下，嗯，肯定是的！我深信不疑。那应该是一户住在遥远的乡下山顶上的人家，有一个苦命的女孩，正在这深夜中，默默地在后门那里洗衣服。此外，在巴黎的陋巷中，在一座肮脏的公寓的走廊边上，也有一个和我年纪差不多的女孩，同样正在一个人悄悄地洗着衣服，同样对着月亮仰起脸庞笑了一下。这些都是真的，都是毋庸置疑的——我仿佛用望远镜亲眼看到了这些场景，那些色彩十分鲜明生动，场面清晰而真实地浮现在了我眼前。

但是我也好，山顶的女孩也好，巴黎的女孩也好，我们的痛苦，其实根本无人知晓，无人了解。将来有一天，当我们长成大人，或许会云淡风轻地追忆起往事，到那时，也许我们会觉得自己现在的这些痛苦和寂寞都非常可笑吧！可是，在我们完完全全成长为一个大人之前，这段漫长且令人厌恶的时光，我们究竟该如何度过呢？会有人教给我们吗？并没有。难道，这就像是一种类似麻疹的疾病，除了放任其发展，别无他法？可麻疹这种病是会死人的啊！还有人因为得了麻疹，最后眼睛都瞎掉了呢！放任不管必然是不行的，若是放任下去，我们就会像这样每天都郁郁寡欢，或经常大发脾气。然后慢慢地，有的人就会走上歪路，走向堕落，最后造成无可挽回的后果，把一辈子都搭进去。还有的人会横下心去自杀，然后世人便会十分惋惜地说：“啊，为什么这么想不开，明明再活上几年就能想明白了，再多长大些就自然能看开了！”可是对自杀的当事人来说，她们在世间走的这一遭真的十分痛苦，好不容易强撑着走到了忍耐的极限，在做出选择的节点上，她们想拼命地把世人那些劝慰听进去。世人却只是在重复着那些无关痛痒的训诫，他们只会说一些“行啦行啦！别想不开”什么的。所以，我们总是会尴尬地一再体会承诺落空的滋味。

而我们绝非那种只顾眼前、不顾将来的享乐主义者。如果你指着一座很远很远的山对我们说：“那座山上的风景非常美，走到那儿去看看吧！”嗯，我们相信，你说的一定是真的，一定没有掺杂半点假话。可是……可是我现在明明肚子疼得正厉害，你却对此视而不见，只是一味地跟我说：“哎呀呀，再坚持一下！走到那儿的山顶上就好啦！”若是这样，那你我之间一定有个人是错误的，而那个人，就是你。

我洗完衣服，又把浴室打扫了一下。之后，我悄悄拉开了房间的拉门，百合的清香扑面而来，让人神清气爽。那清冽的香气直达心底，简直可以用“崇高的虚无”来形容。

我安静地换上睡衣，以为妈妈已经进入了香甜的梦乡，却不料她忽然闭着眼睛跟我说起了话，吓了我一跳。妈妈平时经常这样吓唬我。

“你说想要一双夏天的鞋子，今天我去涩谷[①]办事顺便看了一下哦！哎呀，现在的鞋子也贵起来啦！”

“没事儿，不用了，我现在也不是那么想要了。”

“可是没有的话，还是不方便吧？”

“嗯……”

即将到来的明天，与今天也是同样的一天吧？我知道，幸福在这一生都不会到来。但是，我姑且期盼着、相信着它“一定会到来，明天就会到来”，然后就这样入睡，是不是比较好呢……我故意弄出很大的声响，在被窝里咣当一声倒下，啊！真舒服呀！被窝里有些冷，所以后背凉凉的，感觉刚刚好，于是我不知不觉发起了呆。“幸福会迟一个晚上到来”——迷迷糊糊中，我想起了这样一句话。有个人一直在等待幸福，他等啊，等啊，终于，他没能等到幸福到来，就抛弃了自己的家。而到了第二天，一个巨大的幸福的讯息抵达了这个被他抛弃的家，却为时已晚。幸福，会迟一个晚上到来。幸福……

院子里响起了可儿的脚步声，啪嗒啪嗒的。可儿的脚步声很有特色，它右前腿比左边稍短，而且两条前腿是罗圈腿，所以它

---

① 涩谷，日本东京的二十三区之一，涩谷站附近是东京首屈一指的繁华地段。

的脚步声总是带着一些寂寞与孤独。在这样的寂静深夜，可儿经常会在院子里走来走去，它是在干什么呢？真是可怜。今天早晨我对它很不好，明天得宠爱它一下。

我有一个可悲的毛病，睡觉时必须用双手紧紧地盖住脸，不然就睡不着。于是我把双手盖在脸上，一动不动地躺在被窝里。

睡着之前的那种感受很是奇怪，就像是一条鲫鱼，或者一条鳗鱼，正在拖着钓鱼线不断地用力抻拽。那种力量感觉很沉重，像是灌了铅一样。它通过一条线拽着我的脑袋，当我迷迷糊糊地快要睡着时，它却稍微松了松劲儿，于是我便一下子恢复了意识。随后，它又开始使劲儿把线拉紧，于是我再一次迷迷糊糊地即将进入梦乡，它却再次松了劲儿。如此折腾三四次之后，它才会放个大招，使劲儿一拽，于是我便终于能进入梦乡，一觉到天亮了。

晚安啦！我这个没有王子的灰姑娘。你知道我住在东京的哪个地方吗？今后，我们再也不会见面啦！

雪夜的故事

那天，从早上就开始下雪了呢！

从前段时间开始为侄女小鹤缝制的劳动裤[①]已经做好了，于是那天我放学回家时，就带着裤子顺便拐到了姑姑家，她家住在中野[②]。从姑姑家出来时，她给了我两片鱿鱼干，让我带回家去。走到吉祥寺[③]车站，天已经黑下来了，地上的雪积了一尺多厚，且雪花还在不断地飘着。我因为穿了长靴，所以丝毫没有犯愁，

---

① 劳动裤，一种扎腿式劳动裤，较为宽松，下摆扎在脚踝处。在第二次世界大战中，于日本全国盛行。

② 中野，日本东京都的区名。

③ 吉祥寺，日本东京都西部、武藏野市东部的地区。

反而觉得心情舒畅，故意挑着那些积雪深的地方走。可当我走到家门口的信箱那里时才突然发觉，本来用报纸包着夹在腋下的那两片鱿鱼干不见了！

我虽然性格散漫，不够机灵，但也没怎么丢过东西。那天晚上，一定是因为我在积雪上撒欢儿似的一通乱跑，所以才不慎把东西弄丢的，这让我感觉十分懊恼。虽然因为弄丢了鱿鱼干就垂头丧气，这种事也不值得拿出来说。可是这两片鱿鱼干，我本来是想送给嫂嫂解馋的啊！

我的嫂嫂今年夏天就要生小宝宝了哦！她总说，自从肚里有了小宝宝，就常常会觉得肚子饿。这也难怪嘛，她现在吃的可是两个人的分量呢！嫂嫂跟我不一样，她很有修养，也很优雅。所以她吃东西时总是细嚼慢咽，像只小鸟一样。她饮食习惯很好，她明明平时从来不吃零食，最近却总念叨肚子饿，说觉得好丢脸，还说想吃一些平时不怎么吃的东西。前几天我和嫂嫂一起收拾晚餐餐桌时，听见她一边叹气一边小声嘟囔："唉，嘴里没味道，好想吃点鱿鱼干什么的……"

这件事我一直无法忘记。所以那天姑姑给我两片鱿鱼干之后，我真的特别高兴，兴冲冲地想把它拿回来，悄悄给嫂嫂解解馋，谁知竟然让我弄丢了！真是太郁闷了。

大家也都知道，我家是哥哥、嫂嫂，还有我，三个人一起生活。哥哥是个小说家，脾气有些古怪，虽然已经快四十岁了，可还是没写出什么名堂，所以我们的生活总是捉襟见肘。哥哥总是嚷嚷什么身体不舒服，每天在家里吃了睡、睡了吃。偏偏那张嘴巴还不饶人，总是这也不好、那也不好地向我们发牢骚。他这样振振有词，家里的事却一点都不沾手，根本就是个甩手掌柜。可怜我那嫂嫂，连本该男人做的力气活儿也不得不自己动手。有一天我实在忍不住了，气愤地说："哥哥，你偶尔也该挎上包出去买买菜什么的吧？别人家的男人可是都会去呢！"

哥哥一听立刻就不高兴了，板起脸骂道："你懂什么！我才不是那么俗气的男人！你给我听好，还有君子（嫂嫂的名字），你也记住！咱们一家就算是饿死，我也不会像那些男人一样出去买东西[①]！丢死人了！记住了吗？这可是我最后一点面子！"

呵，这话听着还挺了不起的样子呢！可哥哥究竟是因为考虑国家的颜面，所以憎恶那些出去买东西的男人呢，还是因为自己懒惰，才找借口不出去买东西呢？我可一点都想不明白。

我父母亲都是东京人。由于父亲长年在东北地区的山形县政府部门工作，所以哥哥和我都是在山形出生的。后来父亲在山形县过世，那时哥哥大概二十岁，我尚在襁褓中。母亲背着我，带着哥哥，我们三人回到了东京。前几年母亲过世了，现在家里就

---

① 第二次世界大战期间和战后，因为粮食短缺，日本的城市消费者要去农村购买粮食等基本生活物资。

剩哥哥、嫂嫂还有我三个人了。其他家庭还能有老家的亲戚来给送些乡下特产，可我们没有所谓的老家，所以也就没有给我们送特产的亲戚。再加上哥哥脾气古怪，基本上完全不与别人打交道，所以我们从未得到过什么出乎意料的惊喜。这回，尽管只是两片不起眼的鱿鱼干，可若是我能把它送给嫂嫂，那她该多么高兴啊！

一想到这里我便心疼不已，尽管有些小家子气，可我还是立即调头回去，慢慢顺着刚才的路仔细搜寻，但到底还是没找到。在铺满白雪的道路上，寻找一个白色的纸包，这已经相当困难了，再加上雪花还在不停地堆积，就更是难上加难了。我一直走回了吉祥寺车站附近，仍然一无所获。我叹了口气，把伞换到另一只手中，抬头望向阴沉的夜空。只见纷纷扬扬的雪花如同百万只萤火虫一般，正在空中上下翻飞——好美的景色啊！道路两旁的树上也盖着皑皑白雪，像是觉得很沉重似的，都低垂着枝丫，时而又像是叹息一般微微地抖动。我仿佛身处一个童话世界，鱿鱼干已经被我抛之脑后了。这时，我心里突然冒出一个奇妙的念头——要不，就把眼前这美丽的雪景带给嫂嫂吧！比起那两片鱿鱼干，说不定这是更好的礼物呢！老惦记着那点吃的，多小家子气啊！实在是丢人。

哥哥曾经告诉过我，人的眼睛是可以储存风景的。如果盯着灯泡看上一会儿，再闭上眼睛，眼里就会出现清晰的灯泡影像，这就是证明。哥哥说，关于这一现象，以前在丹麦还有过一个故事，然后他就给我讲了一下这个浪漫的小故事。虽然他平时总是信口胡诌，说的话根本不能当真，但唯独对这个小故事，我倒觉得即便是哥哥瞎编的，也不失为一个不错的故事：

很久以前，丹麦有位医生在解剖一个因海难而丧命的年轻水手的尸体。当医生用显微镜察看他的眼球时，竟然看到在他视网膜上映出了一幅全家团圆的温馨场景。后来，医生把这件事告诉了他的小说家朋友，小说家立刻便对这不可思议的现象做出了解释："遭遇海难时，这个水手被卷进了汹涌的浪涛中，后来又被拍打到岸边，于是他拼命攀住灯塔的窗沿，满心欢喜地想要大声呼救，却猛然间窥见了窗内的情景——灯塔看守员一家此时正准备开始快乐的晚餐，气氛其乐融融。水手心想：'啊！我不能喊！如果我大声呼救，这家人团聚的温馨便会被我搅得一团糟！'他攀在窗沿上的手逐渐失去了力气。就在此时，巨大的浪头忽然袭来，他又被海浪给冲走，最终失去了生命——应该就是这样的。这个水手，真是世界上最善良、最高贵的人啊！"

听小说家这样一解释，医生也表示认同，于是两人满心敬佩地安葬了水手。

我愿相信这是真的，即便在科学上无法解释，我也还是愿意相信。在那个雪夜，我突然又想起了这个故事，于是便决定试着将这美丽的雪景留在眼底带回家，然后对嫂嫂说："嫂嫂，你快来看我的眼睛！快点！看了之后，肚子里的小宝宝就会长得很漂亮哦！”

嫂嫂之前也曾笑着跟哥哥说道：“你给我在房间里贴上一些美人儿的画像吧，我每天看着它们，一定能生出一个漂亮的宝宝。”

哥哥那时也认真地点头：“嗯，这是胎教吗？那确实很重要。”

于是哥哥往墙上并排贴了两张能剧[①]的照片，一张是娇艳的孙次郎[②]，一张是惹人怜的雪小面[③]，这倒是做得不错。可后来，他又在这两张照片中间，牢牢地贴了一张自己愁眉苦脸的照片，真是太煞风景了！还不如什么都不贴。

“求你了，把你的照片拿下来吧！看着它我的胸口都会难受。”

饶是温厚的嫂嫂，到底也难以忍受天天看着哥哥的照片，于是便恳求一般，让哥哥一定把那照片揭下来——若是天天这么看，她一定会生出一个猿面冠者[④]一样的宝宝。哥哥却露出一脸

---

① 能剧，日本中世的艺能中，包含舞蹈和戏剧要素的艺术形式，有猿乐能、田乐能、延年能等。

② 孙次郎，一种能剧的面具，是艳丽的年轻女性形象，主要用于以女性为主角的柔美型能剧。

③ 雪小面，一种能剧的面具，是天真可爱的年轻女孩形象，也主要用于以女性为主角的柔美型能剧。

④ 猿面冠者，指脸长得像猴子的年轻人。

不可思议的表情——也许他觉得自己是个美男子吧？真是无语。嫂嫂现在为了肚里的小宝宝，确实是很想一睹这世上的无上美丽。如果我把今天这银装素裹的雪景存在眼底，带回家给嫂嫂看的话，嫂嫂一定会非常开心，会比吃到鱿鱼干高兴好几倍，甚至好几十倍！

于是我放弃了寻找鱿鱼干，转而在回家的路上，尽可能地眺望周围美丽的雪景。我不只在眼底存住了这粉雕玉砌的纯白景色，还一直把它存到了心底。回到家，我立刻跑到嫂嫂跟前："嫂嫂，嫂嫂，你快来看我的眼睛！我眼里全都是绝美的风景呢！"

"在说什么呀，你怎么啦？"嫂嫂站起来，笑着揽住我的肩膀，宠爱地问，"眼睛怎么啦？"

"哥哥不是讲过那个故事嘛，说刚刚看到的景象会留在人的眼底，不会消失呀！"

"呵，你哥哥讲的啊？我早就忘了。他净骗人。"

"但是但是，这个故事是真的哦！我相信只有这个故事是真的！嫂嫂你快点，快来看看我的眼睛！我刚才看了很多特别特别美丽的雪景哦！快点来看看嘛，这样你生出的小宝宝一定肌肤胜雪呢！"

可嫂嫂脸上似乎满是忧伤，就那么一言不发地看着我。

“喂！”就在这时，哥哥从隔壁那个六张榻榻米[①]大小的房间出来说道，“春子（我的名字）的眼睛那么无趣，你看她还不如来看我，效果肯定比她好一百倍！”

“为什么?！你怎么知道?！”我突然好讨厌哥哥，甚至想打他，“嫂嫂说过啊，她看哥哥的照片，胸口都会难受！”

“瞎说什么呢！我这眼睛，可是一双看了二十年美丽雪景的眼睛！我在山形一直住到了二十岁哩。春子来东京时还没记事呢，根本不知道山形的雪景有多美！东京这点小雪就让你兴奋成这样，真是没见识！我这眼睛可是看过更多、更美丽的雪景哩，比你这些可是好看一百倍、一千倍！简直看得我都烦了！我这眼睛，哼，怎么说都要比春子的更加了不起！”

我憋屈得简直想哭。这时，嫂嫂张口替我解围，微笑着慢条斯理地说道：“可是，你眼睛里虽有着一百倍、一千倍的美景，却也有着一百倍、一千倍的肮脏啊！”

“就是就是！你眼里看过的缺点比优点多多了！所以才那么黄，那么浑浊！真难看！”

“你得意个什么劲儿？烦人！”

哥哥顿时生气地板起脸，又钻回房间去了。

---

① 约八平方米。

千代女

女人，果然还是不中用啊！

或者说在女人当中，可能只有我一个人一无是处吧！总之，我发现自己真的是很不中用。不过话虽如此，我在内心深处仍然会固执地想：我应该不至于是一无是处的，若仔细找找，应该总能发现一点长处。这种固执的想法在我心中执拗地盘踞生根，于是，我愈加迷失自己。现在，我感觉有一口生了锈的铁锅正扣在我的头上，压得我喘不过气，简直太憋闷了。一定是我太笨了，一定是这样。唉，明年就十九岁了，我已经不再是个孩子了。

十二岁那年，我的一篇作文被柏木舅舅投到了《青鸟》[①]，

---

① 《青鸟》，儿童文学家铃木三重吉于1918年创办的儿童杂志。

之后被评为一等奖。一位十分了不起的评委老师看了之后赞不绝口，极力褒奖，但之后我便萎靡不振了。那篇文章，真是让我很惭愧。写成那样真的值得被夸吗？到底是哪里写得好啊？那篇文章的题目是《跑腿儿》，我不过是写了写我帮父亲跑腿儿买“金蝙蝠”[①]卷烟这样一件小事罢了。当时，香烟店的老板娘给了我五盒“金蝙蝠”，包装是清一色的绿。我看着单调，便退回去一盒，让老板娘换了一个朱红色盒子的给我。可是这样一来，钱却不够了，真是为难。于是老板娘看了看我，笑道：“下次再说吧！”

于是我开心极了。只见掌心上静静地躺着四个绿色盒子的香烟，上面还摞了一个朱红色的，看上去就像樱花草一样漂亮。我雀跃不已，目不转睛地盯着它们看，脚下简直都迈不动步了——喏，我写的就是这样一件小事，很孩子气，也很装腔作势。现在回想起来，我只觉得焦躁和闹心。

那之后不久，我在柏木舅舅的撺掇下又投了一篇作文——《春日町》。但这次并没有发表在读者投稿栏里，而是被印成大大的铅字，刊登在了杂志首页。《春日町》写的是这样一个故事：

---

① 金蝙蝠（Golden Bat），日式卷烟的一种，1906 年发售，2019 年停产。

一天，住在池袋[1]的姨母搬到了练马[2]的春日町。姨母对我说：“我们这儿院子大得很，有空过来玩儿啊！”在姨母的盛情邀请下，我在六月的第一个星期日，坐上了去春日町的电车。我先从驹込站[3]乘坐省线电车[4]，到达池袋站[5]后换乘东上线[6]，随后在练马站[7]下了车。下车后，放眼望去，遍地农田，我根本搞不清楚哪边才是春日町。我问了问地里干活儿的人，他们也不知道，于是我急得简直要哭了。

那天天气非常热。最后我终于问到了一个四十岁左右的男人，他那时正拉着一辆堆满空汽水瓶的两轮车走在路上。听到我

---

① 池袋，位于日本东京都丰岛区，与银座、新宿、涩谷、浅草同为都市的繁华街区。

② 练马，位于东京二十三区的西北部，是东京二十三区中最新设置的一个区。

③ 驹込站，日本东京都丰岛区驹込二丁目，属于东日本旅客铁道（JR 东日本）、东京地铁的铁路车站。

④ 省线电车，国营铁路电车的旧称。

⑤ 池袋站，日本东京都丰岛区的一个主要铁路车站。

⑥ 东上线，连接日本东京都丰岛区的池袋站至埼玉县比企郡寄居町的寄居站之东武铁道路线。

⑦ 练马站，位于日本东京二十三区的练马区，为西武铁道与东京都交通局的铁路车站。

向他打听，他便尴尬地笑了笑，停下了脚步，脸上的汗滴答滴答地流个不停。他用脏成深灰色的毛巾擦着汗，嘴里一遍遍地嘟囔着：“春日町、春日町……”努力思考过后，他说道，“春日町，离这儿可远得很啊！”

接着，他努力地用不太流利的日语解释道：“你先去练马站搭乘东上线，一直坐到池袋站，然后在同站换乘省线电车坐到新宿站①，最后换乘开往东京方向的省线电车，坐到水道桥站②后下车，就到了。”

这……貌似是去本乡③那个春日町的路线啊。听他口音我便知道，他应该是一个朝鲜人。于是我更加感激，心中五味杂陈。那些本地人即便知道路线，也会因为觉得麻烦而推脱说不知道。而这个朝鲜人，虽然不知道准确的路线，却在为我绞尽脑汁地思考，哪怕大汗淋漓，也努力地为我指路。我怀着感激之情对他说了句：“叔叔，谢谢你。”

随后，我便按照这个叔叔的话，在练马站搭乘东上线，转而回到了家里。

一路上，我真想直接坐到他说的那个本乡的春日町去。回到

---

① 新宿站，位于日本东京都新宿区，是东京副都心新宿的铁路总站。

② 水道桥站，位于日本东京都千代田区及文京区。

③ 本乡，日本东京都文京区地区名。

家后，我郁郁寡欢，身体也不太舒服，便把这次经历一五一十地写了下来。没想到这文章竟被印刷成大大的铅字，刊登在杂志首页，还一下子引起了轰动。

我家住在泷野川①的中里町②，父亲是东京人，母亲是伊势③人。父亲在一所私立大学教英语。我没有哥哥姐姐，只有一个弱不禁风的弟弟，他今年刚升入市立中学。虽然我并不讨厌自己的家人，心里却还是觉得孤单寂寞。以前的一切都很美好，真的，都非常美好。我可以尽情地跟父母撒娇，说些玩笑话逗他们开心，让家里经常充满欢声笑语。而且那时，我也是一个好姐姐，对弟弟很是疼爱。但自从我的文章发表在《青鸟》上之后，突然间，我变得胆怯懦弱、惹人讨厌，甚至有时，我还会和母亲吵架。

《春日町》刊登到杂志上后，一位姓岩见的评委老师写了一篇读后感，足足有我那篇文章的两三倍长，并且刊登在了同一本杂志上。读完那篇读后感后，我只觉灰心丧气，心想：老师啊，您被我骗了！若是比起来，岩见老师远比我更加心地善良，更加纯真无邪。后来，我在学校也被大肆褒奖。在一次作文课上，班

---

① 泷野川，东京都北区的地名，现在的行政划分区域为泷野川一丁目至泷野川七丁目。

② 中里町，位于日本东京都北区东南部（泷野川地区南部）。

③ 伊势，日本本州中部城市，属三重县。

主任泽田老师把那本杂志带到教室，欣喜若狂地把那篇作文誊写在了黑板上。之后的一个小时，他一直用一种激动到听着像是在斥责一般的声调，狠狠地表扬我了一番。一时间，我只觉胸闷气短，眼前阵阵发黑，身体也像石头般僵硬，这种感觉太可怕了。虽然被狠狠地表扬了一通，但我知道那根本一文不值。万一今后我马失前蹄，一定会遭到大家的耻笑，到那时，我该多么羞愧、多么无地自容啊！想到这里，我甚至失去了活下去的动力。

况且这个泽田老师，他应该并不是真心欣赏我的作文。他当时那么激动，也不过是因为我的作文被印成大号铅字刊登在了杂志上，并且受到了那位有名的岩见老师的表扬罢了。他这些心思，便是小孩子也能察觉一二。于是这让我更加孤单寂寞、难以释怀了。而我之前的担忧，后来也果真全都变成了现实。在我身边，那些令人郁闷、难以启齿的事情在不断地发生。

我感到，学校里的朋友们都突然间开始疏远我了，就连一直以来关系最好的朋友安藤，也用捉弄、嘲笑的语气叫我什么“一叶[①]小姐”，或者“紫式部[②]大人”。她很快便疏远了我，转而加入了我一直非常讨厌的奈良、今井那帮人的小团体中。她们会从

---

① 樋口一叶（1872—1896），原名樋口夏子（一说樋口奈津），日本女作家，日本近代批判现实主义文学早期开拓者之一。

② 紫式部（约973—？），日本平安时代（794—1192）小说家、中古三十六歌仙之一，《源氏物语》作者。

远处时不时瞟我一眼，然后一起窃窃私语。其间，她们还“哇哇”地起着哄，顽劣地打着节奏。

从此，我便决定这辈子都不再写作文了。我好后悔，当时，我就不该在柏木舅舅的怂恿下稀里糊涂地去投什么稿，这简直太糟糕了。柏木舅舅是母亲的弟弟，在淀桥[①]的区政府工作，今年已经三十四五岁了。就在去年，他的孩子也出生了。可他还当自己是年轻人，时不时地喝酒喝过头，然后搞点什么事情出来。听说他每次来我家，都得跟母亲伸手要些钱才会回去。我也听母亲提起过，他刚上大学的时候，梦想是成为一名小说家，并为此一直刻苦学习，前辈们都对他寄予厚望。没承想他后来因为交友不慎，大学都没读完便退学了。听说他读过很多小说，日本的、国外的都有。七年前，硬逼着我去《青鸟》投稿那篇拙劣的作文的，正是这个柏木舅舅。而在之后七年里一有机会就来折磨我的，也是这个柏木舅舅。

当时，我讨厌小说。虽然我现在的想法与之前的想法又不大相同，但当时，我刊登到杂志上那两篇一文不值的作文，不仅害得我备受朋友刁难，还使得班主任对我特殊对待。这让我郁郁寡欢，打心眼儿里讨厌起了写作。之后，无论柏木舅舅怎么巧舌如簧地怂恿我，我都坚决不再投稿。实在被他烦得不得了的时候，

① 淀桥，日本东京都新宿区西部的旧区名。

我就放声大哭。在学校的作文课上，我一个字都不写，反而在作文纸上画起了圆圈、三角形，又或者画一些新娘人偶[①]的脸之类的。泽田老师见状，便把我叫到办公室批评道："你可不能这样骄傲自大，可得爱惜自己的羽毛啊！"

这让我心里很是懊恼。不过没多久我就小学毕业了，于是终于摆脱了那些苦恼。

自从我升入御茶水女子中学后，班里没有一个同学知道我那篇不值一提的作文获过奖，我也总算放下了那颗悬着的心，得以松一口气。我在作文课上就是随便写写，得个普普通通的分数便足矣。但唯独柏木舅舅，还在一直烦我、讽刺我。每次他来我家，都会带着三四本小说逼着我读。无奈之下，我只能试着去读一读。但这些小说太难懂了，我搞不清楚作者到底想表达什么意思。大多数情况下，我都是假装读过，便把书还给了舅舅。在我升到三年级后的某一天，突然收到《青鸟》的评委——岩见老师给父亲寄来的一封长信，信里写着我的写作才能很宝贵之类的。信里那些话着实让人害羞，我根本说不出口。总之，岩见老师在信里对我大肆表扬了一番，说我的才华"如果就这么埋没掉的话，真的是太可惜了"，他让我再多多少少写点东西，他可以帮我联系刊

---

① 新娘人偶，由和纸或千代纸做成，造型朴素优雅，十分轻便。江户时代（1603—1868），在富人家庭，孩子们喜欢用新娘人偶玩过家家游戏。

登的杂志。老师写得非常真诚，字里行间充满了诚恳，这让我愧不敢当。父亲一言不发地把那封信递给了我。读过之后，我感觉岩见老师的确是一位严肃的好老师。但从这封书信的字面上来看，很明显，这件事是柏木舅舅在背地里推波助澜。为了接近岩见老师，柏木舅舅肯定花了不少小心思。他处处谋划，为的就是让岩见老师给我父亲写这封信。错不了，绝对错不了。

于是我都快哭出来了："肯定是柏木舅舅拜托岩见老师写的，不会错的！柏木舅舅为什么？到底为什么要做这么可怕的事呢？"

说罢，我抬头看了看父亲，他似乎早已看穿一切，微微点着头，表情凝重地说道："你柏木舅舅倒是没有什么坏心思，可这让我很为难，该怎么回复岩见老师才好呢？"

父亲好像从以前就不太喜欢柏木舅舅。我作文获奖的时候也是，母亲和柏木舅舅喜出望外，唯独父亲不大高兴，还斥责了舅舅一番，说不应该让我做刺激性这么强的事情。后来，母亲一脸埋怨地向我说起了这些事。虽然她平时总是说柏木舅舅这不好那不好，可一旦父亲说舅舅一句不好，她便会勃然大怒。母亲很温柔、开朗，是个爱热闹的好人。可一说柏木舅舅，她偶尔也会和父亲争论不休。

柏木舅舅就是我家的恶魔。在收到岩见老师那封言辞诚恳的书信后的两三天，父亲和母亲终究还是大吵了一架。那天吃晚饭时，父亲说道："岩见老师写得这么诚心诚意，咱们也不能失了礼数。我必须带着和子去一趟，跟岩见老师好好说一下和子的想法，也跟人家好好道个歉。单凭写封回信，难免会产生误会。要是惹得老师不开心，那就难办了。”

父亲说完，母亲低头思考片刻后说道：“是我弟弟不对，真是给大家添麻烦了。”

随后母亲抬起头，轻轻地用右手小拇指拢了拢碎发。接着又快速说道：“或许是因为我们傻吧！和子被那么有名的老师称赞，我就总想着拜托老师，今后也多多照顾我们和子。如果是个好苗子，就该好好栽培。和子总是被你骂来骂去，你是不是有点太冥顽不灵了啊？”

说完，母亲微微露出了笑容。于是父亲放下筷子，用教训人的语气说道：“什么栽培！栽培了也没什么用！女孩子的文才，能掀起多大的浪花啊？她那么点昙花一现的小才能，搞得大家因为一时稀罕就瞎折腾，那只会白白葬送掉她的一生！况且和子自己也觉得害怕啊！一个女孩子，找个人平平凡凡地结婚，当一个好母亲，这才是最好的人生！可你们呢？你们只是想利用和子，来满足自己的虚荣心和功利心吧！”

可母亲压根儿不听父亲说这些，只伸手把我旁边的煤炭炉上的锅拿下来，“咣当”一声撂在地上，一边喊着“好烫！好烫！”一边把右手的拇指和食指贴在嘴唇上，头一扭，说道，“哎呀，烫死了！烫死了！可话说回来，我弟弟并没有恶意啊！”

这次，父亲放下了碗筷，大声说道："要我说多少遍你们才明白啊！你们就是想把和子当作牺牲品！"

说完，父亲用左手轻轻地按了按眼镜，正要继续说下去的时候，母亲忽然哭了起来。她一边用围裙擦拭眼泪，一边毫不留情地说起父亲的工资、我们的服装费等跟钱相关的事。父亲脸色一沉，冲我们扬了扬下巴，示意我和弟弟出去。于是我催着弟弟快走，拉着他去了书房。餐厅那边传来他们的争吵声，一个小时过去了，他们还在继续。

母亲平时是个爽快随性的人，可一旦情绪激动起来，便会说出一些十分粗鲁、难以入耳的话，这让我很是难过。第二天，父亲在下班回来的路上去了岩见老师家，向他致谢并道了歉。那天早上父亲还劝我和他一起去，但我害怕得下嘴唇一直哆嗦不停，根本没胆子去拜访老师。晚上七点左右，父亲回到家对我和母亲说，岩见老师年纪轻轻，却这么优秀，是个人才。说老师特别理解我们的想法，反而向父亲表示了歉意。他说，他一般也不建议女孩子走文学这条路，虽然没有明确说出舅舅的名字，但看样子，确实是柏木舅舅再三拜托于他，所以他才不得已给父亲写了那封信。我掐了一下父亲的手，父亲透过眼镜，悄悄对我眨了眨眼睛，笑了笑。而母亲就像什么事都忘记了一样，平静地听着父亲说话，一边听一边频频点头，再也没有说什么。

之后很长一段时间，舅舅都没怎么露面。即便过来，也莫名其妙地同我很是见外，而且很快就回去了。我也乐得清净，把作文的事忘得一干二净。从学校回来后，我会帮忙修整修整花坛，跑跑腿去买东西，在厨房里帮帮忙，指导一下弟弟的学习，做做针线活儿，温习温习功课，给母亲按摩按摩等，就这样一直忙前忙后，日子过得非常充实。

可是在我读女子中学四年级时，事情发生了一些改变，“暴风雨”来了。那年过年的时候，我小学那个泽田老师突然来我家拜访。或许因为泽田老师是个稀客，抑或因为许久不见，所以父亲和母亲热情地接待了泽田老师。据泽田老师说，他早就不在小学工作了，现在到处做家教，生活十分自由。话虽如此，但恕我说句不敬的话，直觉告诉我，他的日子并不好过。他和柏木舅舅的年纪差不多，但总让人感觉已经有四十出头，啊不，是将近五十岁了。虽然以前他的脸就很显老，但只四五年的工夫没见，他竟好像老了二十岁一样，浑身上下都散发着疲惫不堪的气息。他连笑起来时也有气无力，勉强想笑的时候，脸上便会堆满苦涩僵硬的皱纹。与其说是可怜，不如说是让人觉得寒碜、卑贱。他的发型依旧是平头，简直快剃光了，白发却明显增长了许多。但与往常不同的是，他这次对我大加赞赏，这让我不知所措，继而陷入了苦闷当中。老师夸我相貌端庄、温文尔雅，这些摆明就是恭维话，我都听不下去了。简直就像我是他的上司一样，他对我过分殷勤，极尽奉承之能事，还跟我父母聊起了我小学时候的事，唠唠叨叨没完没了，真是讨厌。就连我好不容易才忘记的作文那件事，他也拿出来大说特说了一番：

“这样的才华，真是太难得了！我那时候对小学生的作文不怎么上心，也不懂得用作文激发孩子才能这种教育方式。不过，现在不一样了。我对小学生作文进行了充分的研究，对这种教育方式也很有信心，游刃有余。怎么样，和子，你要不要再跟着我，好好学学怎么写作文啊？我一定……”

老师借着酒劲儿，自顾自地夸下海口。临了，他还死皮赖脸对我说：“来，我们握个手吧！”

看到他这副模样，父亲和母亲尴尬地笑了笑，心里早就烦透了。不过，那天老师喝醉酒说的话，并不是随口一说的玩笑话。过了十天左右，他又一本正经地来到了我家，对我说：“来，我们一点一点练习写作文吧！”搞得我简直张皇失措，不知如何是好。

后来我才知道，泽田老师在小学里因为备考的事情出了问题，被学校辞退，从此便一直过得不尽如人意。他到以前学生们家里挨个儿拜访，软磨硬泡，连蒙带骗地硬是做起了家庭教师，就靠这个维持生计。新年来过之后，他就马上偷偷地给母亲写了封信，极力赞扬了我的写作才能。此外，还列举了当时的写作热潮以及惊鸿一现的天才少女之类的例子，这番说辞成功吸引了母亲的注意。母亲一直都对我写作的事情耿耿于怀，仍然对我抱有期望。于是，母亲回信说希望他能每周过来一次，指导我写作文。对于父亲，母亲则强硬地表示："我这么做，也是为了多少能够帮到泽田老师啊。"父亲顾念泽田老师曾经教过我，也不好说不让他来，所以就勉为其难地应了下来。

泽田老师每周六过来一次，在书房里，他总是叽叽咕咕地跟我说一些无关紧要的无聊蠢事，我都快被他烦死了。

"所谓作文，首先必须明确助词的用法。"他把这些稀松平常的事情当作重点，翻来覆去讲了好几遍。还举例说道："'太郎玩儿院子'，这是错的。'太郎往院子里玩儿'，也是错的。必须写成'太郎在院子里玩儿'。"

听着他这些话，我不禁"哧哧"地偷笑起来，老师却用充满怨气的眼神死死地盯着我，简直要在我脸上盯出个窟窿来。随后，老师长叹一口气，对我说道：

"你呀，心不够诚。即便一个人再有才华，如果心不诚，最终也只会一事无成的。你知道那个天才少女——寺田正子[①]吗？她出身贫寒，生活拮据，酷爱学习，却连一本书都买不起。但难能可贵的是，她心虔志诚，认真听从老师的教诲。如此，她才能写出那样多的名作。这对她老师而言，也是意义非凡的啊！如果，

---

① 原型人物为日本随笔作家丰田正子（1922—2010）。丰田正子出身于东京一个贫苦工人家庭，小学四年级时的二十六篇作文由老师大木显一郎编为《作文教学》（中央公论社，1937）出版，一时成为畅销书。

你也能诚心一些，我保证能把你培养成寺田正子那样优秀的作家。啊不，你的环境比她好，肯定能成为一名大文豪！我想在某一方面——就是德育这一方面，我是能超越寺田正子的老师的。你知道卢梭①吗？让·雅克·卢梭，生于公元1600年，不对，是1700年。嗯？也不对，是1900年。笑吧，笑吧，你就使劲儿笑吧！你啊，太过自以为是、目无尊长，仗着有几分才能就觉得了不起了。从前有个中国人，名叫颜回②……"

他就这么东拉西扯地说了一个小时左右，然后突然打住，只留下一句"说来话长，这事留着下回说吧"，便走出了书房，到餐厅和母亲随便聊了几句，就离开了。

虽然，对小学时多多少少算是教过自己的老师说三道四，是一种非常不礼貌的行为，但一提起泽田老师，我脑海里只能浮现出"昏庸无能"这个评价。他说："描写，是文章的关键，如果描写得不到位，那么，读者就无法理解。"他一边看着小笔记本，一边讲着这些过于常识性的东西，"举个例子，当我们形容雪景时，"他停顿了一下，把笔记本收进胸前的口袋里，说道，"你

---

① 卢梭（1712—1778），法国18世纪启蒙思想家、哲学家、教育家、文学家、民主政论家和浪漫主义文学流派的开创者，启蒙运动代表人物之一。

② 颜回（前521—前481），颜氏，名回，字子渊，鲁国都城人（今山东曲阜市），尊称"复圣"颜子，春秋末期鲁国思想家，儒客大家，孔门七十二贤之首。

入神地看着窗外细雪纷飞，如同上演一出戏剧似的。这时，不能说‘雪哗啦哗啦地下’，这样营造不出下雪的感觉。也不能说‘雪啪嗒啪嗒地下’。那么，‘雪翩翩跹跹地下’，这种描写方式如何呢？还是不够韵味。‘雪簌簌地下’，嗯，这就很接近了，越来越有下雪的意境了。”

他双臂交叉，一边点着头，一边在那里自言自语道：“‘淅淅沥沥’怎么样呢？不对，这是形容春雨的。嗯，果然还是‘簌簌地下’最为贴切吧？对了！将‘簌簌’和‘翩翩’结合起来，‘雪花簌簌翩翩’，听着也别有一番韵味啊！”他眯起眼睛，小声嘟囔着“簌簌翩翩”，仿佛在颇有兴致地仔细推敲。忽然，他又转过身来对我说道：“不对，还差点意思。用‘雪似鹅毛飞散乱’[①]，效果应该会更好。嗯，到底还是古诗描写得真实啊！‘鹅毛’，用得真妙啊！和子，你明白了吧？”

不知是因为他可怜，还是因为可恨，当时，我差点哭了出来。即便如此，我还是坚持了三个月，在这期间，我一直接受着这枯燥又荒唐的教育。终于，我的忍耐达到了极限，一看到泽田老师，我就莫名感到厌恶。

于是，我一五一十地向父亲说了这件事，请求父亲辞退泽田

---

① 出自白居易《酬令公雪中见赠，讶不与梦得同相访》诗句：“雪似鹅毛飞散乱，人披鹤氅立裴回。邹生枚叟非无兴，唯待梁王召即来。”

老师。父亲听后说道："真是没想到！"父亲本来就反对给我请家教，只不过看在帮助泽田老师维持生计的分上才同意把他请过来的。但没承想，他对教学竟然如此不负责任。父亲本来还想让泽田老师每周一次帮我补习一下功课呢！于是父亲和母亲大吵了起来。他们在餐厅里吵得面红耳赤，而我就在书房里一边听着，一边大哭。我没想到，他们为了我竟然会吵成这样，这世上再也没有像我这么不孝顺的女儿了。我甚至产生了这样的想法：早知如此，管它是作文还是小说，我都会用心学习。只要能让母亲开心，我做什么都可以。但是，我做不到。我已经什么都写不出来了。我本来也不是什么文采出众的人，即便是描写雪景，很明显也是泽田老师比我更加高超。可我呢，明明什么都做不好，却还在那里取笑泽田老师，我真是个愚蠢的女孩啊！就连"簌簌翩翩"这类形容词，我都想不到。听着父母餐厅那边争吵不断，我越发觉得自己是个没用的女儿，简直糟糕透顶。

那天母亲败下阵来，之后，我再也没有见到过泽田老师，可坏事还是接连发生。一天，柏木舅舅来到我家，一脸得意地对母亲讲道，在东京的深川①有一位十八岁的女孩叫金泽富美子②，她文采斐然，写出了非常出色的文章，广受世人赞誉。她的书，销

① 深川，日本东京都江东区的西部地区，原为东京市深川区。

② 人物原型为日本作家野泽富美子（1921—2017）。

量远超任何一位小说家的书，她也因此一跃成为大富豪。柏木舅舅得意扬扬地介绍着，仿佛自己也是个大富豪似的。听后，母亲又来了精神，一边收拾厨房，一边兴冲冲地说道：

“我们和子也是才华横溢呢！如果好好写的话，一定能写出好文章来的！哎，可是怎么会这样了呢？今时不同往日，不能因为是个女孩，就成天窝在家里啊！稍微让柏木舅舅教一教，写写看也好啊！毕竟你舅舅和泽田老师不一样，他可是上过大学的人。不管怎样，还是靠得住的。倘若以后真能飞黄腾达，那你父亲也不会多说什么了。”

打那以后，柏木舅舅又开始几乎每天都往我家跑，把我拉到书房，训话说：“你先写写日记，把你的所见所感如实地写下来，这样的话，就已经是很不错的文学作品了。”之后，他动不动就会跟我说很多晦涩难懂的大道理。可我根本不想写，不管他说什么，我都是一个耳朵进一个耳朵出。按照母亲的性格，她头脑发热的劲头过去之后，很快便能冷静下来，这个过程一般会持续一个月左右，之后就会慢慢忘记。可与之相比，柏木舅舅非但没能清醒过来，还一本正经地说：“这次我已经下定决心，一定要把和子培养成小说家。和子生来就是要成为小说家的，像她这么天资聪颖的女孩，做个普普通通的家庭主妇可太屈才了。和子必须断了一切杂念，在艺术之路上不断精进，除此之外，她没有第二个选择。”父亲不在家的时候，柏木舅舅一直大声地对我和母亲说这些。他说得这样激进，连母亲都听不下去了，勉强地笑道："这样的话，那和子岂不是太可怜了？"

可柏木舅舅或许还真说中了。第二年，也就是现在，我从女子中学毕业。我恨透了舅舅那恶魔般的预言，可内心深处的某个角落里，我又悄悄觉得，或许他说的是对的。我是个一无是处的女子，这肯定是我不够聪明，我心想。慢慢地，我迷失了自己。毕业后，忽然间，我像变了一个人。每时每刻，我都觉得很是憋闷无聊。以前我还会帮忙干点家务、打理一下花坛、练练古筝、照顾一下弟弟什么的，可是现在，我只觉得一切都很无聊。不仅如此，我还瞒着父母，偷偷看那些轻浮的小说，甚至看得入了迷。小说，为什么写的净是人们私下做的坏事呢？我满脑子想的都是那些淫秽之事，此时的我，已不再纯洁，我变成了一个肮脏的女子。现在我很想像舅舅之前教我的那样，把我的所见所想如实地写下来，然后向上帝谢罪。可是我没有勇气那样做，啊不，是我没有才华。这种感觉，就像一口生锈的铁锅罩在了我的头上一样，让我无法忍受。我什么都写不出来。

最近，我还是想试着写点什么练练手。是在前几天，我便以《睡眠盒子》为题，偷偷在笔记本上写下了某天夜里所发生的一些不值一提的事，然后拿给舅舅读了读。结果，舅舅连一半都没读完就把笔记本扔了出去。他特别扫兴，一脸严肃地说道："和子，你已经离成为一个女作家太远了，还是放弃吧！"然后他苦笑着劝我，“文学这东西，若是没有天赋，还真是做不来的。”反倒是父亲，现在总是一脸轻松地笑着对我说：“你要是喜欢，那就试试吧！”而母亲呢，她时不时会从别人那里听到金泽富美子或者其他一跃成名的女孩的传闻，之后，她便兴奋地说道：

“我们和子，稍微努努力就能写出好作文。但是没有毅力的话，一切都是空想。从前，加贺市[①]有一个女孩，叫千代女。她刚开始跟着师父学习俳句的时候，师父让她先以《杜鹃》为主题写写看。她便立刻把自己写的各种俳句都拿给师父过目，但都没有得到师父的认可。后来，她一晚上都没睡，一直在苦思冥想。等她回过神儿来时，天已经亮了。于是她在不经意间作出了这样一首俳句：‘心思杜鹃句，回首惊觉已天明，杜鹃耳畔啼。’[②]她把这首拿给师父看后，这才第一次被师父表扬道：‘千代女，写得不错！’你看，凡事都需要毅力嘛！”说完，母亲喝了一口茶，小声念道，“心思杜鹃句，回首惊觉已天明，杜鹃耳畔啼。”读完后，母亲情不自禁地赞叹道，“确实呢，写得真不错啊！”

可是母亲啊，我不是千代女啊！我就是一个什么都写不出来的没用的文学少女。我趴进被炉里看杂志就会犯困，因此对我来说，被炉，就是人类的睡眠盒子。我试着以此为题写了一篇小

---

① 加贺市，位于日本石川县西南部，与福井县接壤。

② 日文原文为“ほととぎす、ほととぎす、とて明けにけり”。

说，可是舅舅看到一半便扔到了一边。之后我也读了一遍，发觉确实了无意趣。要怎样才能写出优秀的小说呢？我不知道。昨天，我偷偷地给岩见老师寄了封信，请他不要放弃七年前的那个天才少女。可能，我马上就要疯掉了吧。

等待

每天，我都会在省线上那个小车站里等人，等一个我根本不知道是谁的人。

每次从市场买完东西回家，我总会顺路来到这个车站，坐在那张冰冷的长椅上，将菜篮放在膝头，茫然地望着检票口。每当电车到达站台，总会有很多人从车上蜂拥而出，挨挨挤挤地拥到检票口。人们好像都一脸不快，有的出示了证件，有的出示了车票，随后便目不斜视地经过我这把长椅，走到车站广场，朝着各自的方向匆忙而去。而我只是茫然地坐在那里。有人会笑着跟我打招呼，啊，真是可怕！啊，我该怎么办！我只觉得心在狂跳。光是想想，后背就像被泼了一盆冷水一般，浑身战栗，难以呼吸。但是，我真的是在这里等待着某个人。

我每天坐在这里，究竟是在等谁呢？那是一个什么样的人？不，或许我在等的并不是一个人。我不喜欢人，不，应该说我害怕人。在与人见面时，总要或多或少敷衍着寒暄一番，什么“近来可好”、什么“天凉了”之类的。不知为什么，我总觉得这世上不会再有比我更虚伪的人了，这让我很痛苦，简直痛苦得想死。不仅如此，对方也总是会没来由地对我抱有戒备，与我不痛不痒地寒暄一番，装模作样地说一些虚伪的想法。一听到这些，我便会因对方狭隘的谨慎感到悲哀，然后便越来越厌恶这个世界。世间的人们，难道就是这样彼此硬邦邦地相互寒暄、相互防备，然后双方都精疲力竭，就这么过完一辈子的吗？所以，我讨厌与人见面。只要没什么非见不可的事，我从不会主动去朋友那里。

在家里和妈妈一起安静地做做针线活儿，对我来说是最放松的事情。可是随着大战在即，周围的气氛逐渐变得十分紧张。如此一来，我便觉得只有我每天在家无所事事，是一件很不合时宜的事情。我莫名地感到不安，完全静不下心来。我想要竭尽全力，立刻去做出一番贡献。对自己当下的生活，我已经没有了自信。

虽然知道自己不能总这么沉默地待在家里，但我想出去时，又没什么地方可去。所以我买完东西回家时，就总是会顺道经过那个车站，一个人茫然地坐在那张冰冷的长椅上。

“说不定，会有个人意外地出现呢！”我这么期待着，可转而又陷入了慌乱，“啊！如果真出现了该怎么办？我不知道该怎么做啊！不过，就算是出现了也没办法，我便向那个人献上我的生命吧！我的命运，就是一直在等待那一刻啊！”就这样，我心中生出一种近乎放弃的心理准备，它与其他奇奇怪怪的幻想离奇地纠缠在一起，在我胸口堵得满满当当的，这感觉十分痛苦，几乎让我窒息。我仿佛在做一个白日梦，不知道自己究竟是活着还是已经死了。我内心感到一种不真实，就好像是将望远镜倒过来看一样，只觉得车站前来来往往的人群似乎都变得很小、很遥远，这个世界也变得寂然无声。

啊！我究竟在等待什么？难道说，我也许是个十分淫乱的女人？我说大战开始后便感到莫名不安，说想要竭尽全力、想要做出贡献，根本都是谎言。实际上，我找这些冠冕堂皇的借口，或许都只是在期待着能趁机来实现自己那些轻率的空想。尽管我就这样坐在这里，脸上全是茫然，但我仍可以感觉到，我心中有个该遭天谴的计划正在蠢蠢欲动，似是一团不安分的火苗在燃烧。

究竟，我是在等谁？对此我并没有一个具体的形象，只有一团扑朔迷离。不过我仍然在等待。大战开始以来，我每天都会在买东西回家的途中顺道来到这个车站，坐在这张冰冷的长椅上等待，没有一天例外。有一个人笑着与我搭话，啊！好可怕！唉，真愁人，我等的人并不是你呢！那我等的人究竟是谁呢？丈夫？不对！恋人？也不是。朋友？哎呀，不要！金钱？不会吧！亡灵？哦……不要不要！

我等待的，是更加温和安详、更加明媚鲜亮、更加美好出色的东西！可究竟是什么，我也不知道。打个比方的话，就是像春天一样的东西。不，不对。是绿叶、五月、流过麦田的清流？嗯……也不对。啊！虽然不知道是什么，但我还是要继续等待，怀着满心的期冀在等待。

人们络绎不绝地从我眼前走过。不是这个人，也不是那个人。我抱着买东西的篮子，微微颤抖地等待着，一心一意地等待着。请你不要忘记我，不要嘲笑每天到车站去等待、而后徒劳返家的这个二十岁的姑娘。无论如何，请你牢牢地将我记住！这个小车站的名字，我不会特意告诉你。但就算我不说，你也一定会在某一天，在那里看到我。

羞耻

菊子，我出丑了！真是太丢脸了！

“脸上火辣辣”之类的已经不足以形容我有多丢脸了，我真想跑去草地上满地打滚，去“哇哇”地大喊一通！可即便我这样做了，也还是觉得不够。记得《撒母耳记》[1]中有这么一段：“塔玛尔，其首蒙灰，衣袖俱裂，双手抱头，大叫而去。”——可怜的妹妹塔玛尔。当一个年轻的姑娘在羞到无地自容的时候，真的会有一种灰头土脸、只想哭泣的感觉吧！我非常理解塔玛尔的心情。

---

①《撒母耳记》是《圣经》旧约的一卷书，分为上下两册，上册共三十一章，下册共二十四章。记载了以色列王国第一位国王扫罗和第二位国王大卫执政期间的历史。

菊子，正如你所说，小说家果然都是人渣呀！不，是魔鬼！太过分了！我这次可是丢人丢到家了。菊子，我之前一直都对你保密来着，其实我偷偷地在给小说家户田先生写信呢！然后有一天，我终于和他见了面，结果就出了个大丑，我真是蠢到家了！

还是让我从头讲给你听吧！九月初的时候，我给户田先生写了这么一封信，写得很是装腔作势：

对不起，虽然知道这样做很不合常理，但我还是写了这封信。我想，足下的小说恐怕连一位女性读者都没有吧？

女人，只会读一些热门的畅销书，在读书上没有自己的喜好。因为别人读了，所以自己也要读；因为内心虚荣，所以会去读书。女人，会盲目地崇敬那些自诩博识的人，会轻易地相信那些无聊的道理。

而足下呢？恕我失礼，足下却是一点道理也不懂的，似乎也没什么学问吧？

我从去年夏天开始读足下的小说，个人感觉好像已经都读遍了。所以，就算不去见足下，我也对足下的情况、相貌、风采了如指掌。我想，足下连一个女性读者都没有，这是确定无疑的。足下将自己的贫寒、吝啬、夫妻间粗俗的争吵、染来的一身脏病，还有丑陋的相貌、邋遢的衣着、嚼着章鱼须喝着烧酒、酒醉撒泼横躺在地上、欠了一屁股债，以及其他各种不光彩的、卑劣的行径都不加掩饰地写了出来，这样可不好。女人，可是生来就崇尚纯洁的呢！

读足下的小说，我虽然也会觉得足下有些可怜，但是读到书里说什么“头顶也秃了，牙也掉得七零八落”，就觉得足下未免惨过头了，我唯有苦笑一番而已。对不起，我是有点鄙视足下。而且，足下似乎还去过那种不可描述的肮脏地方寻花问柳，不是吗？这就足以做出定论了。足下这种小说，饶是我，有时也得捏着鼻子才能读下去呢！而其他女人则会毫无例外地鄙视、厌恶足下，这是一定的！我读足下的小说都得瞒着朋友，若是让她们知道，那我一定会被嘲笑，我的人品也会遭到质疑，甚至大家会和我绝交！这一点，也请足下好好反省反省吧！

我看出了足下的不学无术、文笔拙劣、人格卑贱、思虑不足、头脑愚蠢等无数缺点，但也发现了足下灵魂深处的那一缕哀愁，这份哀愁让我感到怜惜，这是其他女人都读不出的。之前我也说过，女人出于虚荣，都喜欢盲目地读一些附庸风雅的书，诸如避暑胜地的恋情之类，或者一些看上去很有思想内涵的小说。我却不只是这样，我相信在足下小说的字里行间里，有一种可贵的哀愁感。所以，请足下切莫为自己丑陋的容貌、过往的陋习，还有拙劣的文章而感到绝望，请足下珍惜这份独特的哀愁感，同时请留意自身的健康，从现在开始学习一些哲学和外语方面的知识，以深化自己的思想吧！这种哀愁感，若能在将来形成一种哲学体系，那么足下的小说将不再会如今日一般遭人嘲笑，足下的人格亦可臻于完美。在这一天到来之时，我会掀开面纱，明确告知我的住址和姓名，并与足下相见。但是现在，我只能远远地声援足下，仅止于此。

事先声明一下，这可不是什么书迷来信，请不要给您夫人看，说什么“我也有女性书迷了呢”，这种玩笑可就太粗鄙了，我也是有自尊的。

菊子，我写的大致上就是这样一封信。“足下、足下”的，这个称呼是有一些不妥，但我和户田先生年龄相差甚远，而且如果称呼为“你”的话，总让人感觉过分亲昵，很是别扭。再者，也是怕户田先生老夫发起少年狂，兀自陶醉，再生出什么奇怪的念头，那可就麻烦了！而且我没那么尊敬他，所以也不能以“老师”相称，再说，户田先生没什么学问，叫他“老师”实在是太不自然了。所以我才想到“足下”这个称呼。但现在看来，叫“足下”似乎也有一些奇怪呢！

寄出这封信，并未让我受到良心上的苛责，反而觉得自己做了一件好事：为一个可怜之人，略尽一点微薄之力，还真是让人心情舒畅呢！但是在信中，我没有写出自己的真实住址和姓名，因为我害怕——万一哪天，一个邋里邋遢的醉汉找上门来，我妈妈非得吓晕过去不可！说不定他还会威胁我，要我借钱给他。这个人一身的坏毛病，天知道会做出什么可怕的事来！所以，我想永远都做一个遮着面纱的女人。可是菊子，事与愿违，事态变得一发不可收拾了——就在这之后不到一个月，发生了一件事，让我不得不再一次写信给户田先生，而且这次，我将住址和姓名都明确地告诉了他。

菊子，我真是个可怜的人呀！估计看了信的内容，你就能大致了解事情的来龙去脉了，下面就让我来告诉你吧，请不要嘲笑我呀！

户田先生，这可真让我吃惊，足下是怎么查出我真实身份的呢？

对，我的名字就叫和子，是一名教授的女儿，今年二十三岁。很明显，这些都被足下看穿了。我拜读了足下这个月发表在《文学世界》上的新作，于是整个人都呆住了。对于小说家，还真的、真的是不能掉以轻心呢！足下是怎么知道的这些？而且连我的心境都看得一清二楚——“甚至开始了淫秽的幻想”，这句话就像是一支辛辣的箭矢，足下的进步真是令人吃惊呢！没想到我那封匿名的信，竟然立刻激发了足下的创作欲，这真是令我欢欣不已！女性的一份支持，竟然能让一位作家如此振奋，这真是令人意想不到的结果！听人说，就连雨果、巴尔扎克这样的文学大家，也都是因为有了女性的保护和慰藉，才创作出了那么多的传世佳作呢！今后我也会下定决心，虽力有不及，却也要助足下一臂之力。请足下一定要努力啊！我会时不时给足下写信。

足下在这次的小说中，对女性的心理做了些许剖析，这的确是一大进步。有几处的描写实在精妙，令人折服，但也有不足之处。接下来，作为一名年轻女性，我会把各种女性的内心所想告知与您。足下的前途不可限量，相信作品也会越写越好，请一定要多多阅读，多多汲取哲学方面的知识。如若学识不够，是无论如何也成不了大小说家的。若是有什么感觉痛苦的事，也请不要客气，写信给我就是。既然已被识破，那我也就不再隐瞒身份了，我的住址和姓名都写在信封上了。都是真的，敬请放心。他日，当足下的人格臻于完美之时，我必会前往相会。在那之前，就让我们仍以书信联系吧，请忍耐见谅！

话说回来，这次实在是让我大吃一惊，足下竟然连我的名字都一清二楚。想必在收到我的信之后，足下定是兴奋地四处拿给朋友看，然后以信上的邮戳为线索，拜托报社的朋友，最终才追查到了我的名字吧？我说的对不对？男人呀，一看到女性的来信，就会立刻到处嚷嚷炫耀，真是讨厌呢！但足下到底是怎么知道我的名字，还有我今年二十三岁的呢？还请来信告知。今后，就让我们的笔谈一直继续下去吧！下次我会写一封更为温婉的信，还请多多保重。

菊子，在抄写这封信的时候，我都不知咧着嘴哭了多少次，而且感觉浑身汗出如浆。你知道吗？其实是我搞错了，人家写的压根儿就不是我啊！这故事里根本就没我什么事儿！啊，真是羞死人了，太丢人啦！菊子，你可得同情我呀，让我全都讲给你听吧！

就在这个月的《文学世界》上，户田先生发表了一篇名为《七草》的短篇小说，你读过吗？那个故事大致讲了一位二十三岁的姑娘，由于太过害怕恋爱，太过厌恶种种痴怨之事，后来竟和一个六十岁的有钱老头儿结了婚，但最终还是因为事事不如意而寻了短见。那故事有些露骨和阴郁，却写出了户田先生特有的风格。我读完之后，就觉得这篇小说铁定是以我为原型创作的。才读了两三行，我就已经确定无疑，于是脸“唰”地一下就白了——因为女主人公的名字和我一样，也叫和子，不是吗？而且年龄也一样，都是二十三岁，不是吗？就连父亲是大学老师这一点也别无二致，不是吗？虽然其余的——像是身世之类的和我完全不同，但我就是觉得，这些都是户田从我的信中获得了灵感才创作出来的，这才是我所有耻辱的根源。

过了四五天之后，我收到了户田先生寄来的明信片，上面这样写着：

谨复，来信已收到，感谢您的支持。此前的信件也确已拜读，但迄今为止，我从未将读者的信件给家人看过，更说不上拿来取笑，此等失礼之事我从未做过，更加不会拿给朋友看，还大加宣扬。这一点，还请您放心。此外，您还说当我的人格臻于完美之后就来相见，可是人真的能够自己造就完美的自己吗？书不尽言。

果然，小说家都是会说漂亮话的。这样一来，我反而感觉有些懊恼，一整天都恍恍惚惚的。第二天一大早，我便决定去见一见户田。我一定要见他，他现在一定很痛苦。我要是不去见他的话，可能他就会堕落了，他一定在等着我去呢！我去见他吧！

于是我马上开始打扮。菊子，你觉得去拜访一个住在大杂院的贫穷作家，能打扮得过分讲究吗？肯定不行啊！之前不是有这样一件事吗？说有一个妇女团体的干事们戴着狐皮围巾去视察贫民窟，结果后来就出问题了，所以我必须注意。按小说里写的，户田连一件像样的衣服都没有，只有一件露着棉花的和式棉袍。他家里的榻榻米也很破，屋里铺满了报纸，一家人就那样坐在上面。我想，那么困苦的家庭，我要是穿着最近新做的粉红小礼裙去的话，只会让户田的家人感到落寞和惶恐，那样就太失礼了。所以，我就穿了中学时代那条满是补丁的裙子，然后搭了一件以前滑雪时穿过的黄色对襟毛衣。这件毛衣已经很小了，两个胳膊肘那里突兀地鼓着包，袖口已经开绽，线头耷拉在外面，嗯，真是件再合适不过的衣服了。通过小说我还知道，每年秋天，户田都会因脚气复发而痛苦不堪，于是我决定把我床上的一张毛毯用包袱皮包起来带过去，想劝他工作时用毛毯裹上脚。

我瞒着妈妈，偷偷地出了门。菊子你知道的吧，我有一颗门牙是假牙，是可以取下来的。所以我在电车里偷偷把它取下来，故意扮作一副很丑的样子。我记得户田的牙，应该也是稀稀疏疏地缺了不少的，为了不让他感到难堪，为了让他安心，我打算让他看看，我的牙齿也不好。此外，我还把头发揉得乱蓬蓬的，把自己装成一个十足的又穷又丑的女人。为了安慰弱小无知的穷苦人，我必须很细心地费些心思。

户田家在郊外。从省线电车下来，我向执勤的交警打听了一下，没想到很快就找到了户田家。菊子，户田家可不是什么大杂院，而是一栋虽然不太大却很别致干净、修葺很好的独栋别墅。别墅的小院收拾得很漂亮，院子里那些秋蔷薇开得正盛——这一切都出乎我的意料。一打开大门，便看到鞋柜上放着养着菊花的水盘。我定了定神，只见一位典雅的夫人来到了我的面前，朝我鞠躬致意。我想，难不成是我找错地方了？便怯生生地问道："请问，有位写小说的户田先生，是住在这里吗？"

那位夫人温柔地回答我："是的。"夫人的笑脸，更是让我觉得有些恍惚。

"户田老师，"我不假思索地脱口而出，说出了"老师"这个词，"户田老师在家吗？"

随后我被带到了老师的书房，只见一位表情严肃认真的男人正端坐在桌前。先生并没有穿居家的和式棉袍，而是穿着一件深蓝色的厚夹衣，我也不知道那是什么布料。那件夹衣上系着黑色的和服腰带，腰带上有一道白色的条纹。那间书房有种茶室的感觉，壁龛里放着写有汉诗的卷轴，可我一个字都读不上来。桌上的竹篮里插着青翠漂亮的常春藤，桌子旁边有很多书，堆了很高。

这一切，简直都太不一样了！而面前的这位先生，牙齿没掉，头也没有秃，体健貌端，丝毫没有脏兮兮的感觉。要说这样的人会喝烧酒，喝完后会躺在地上睡大觉，那简直太不可思议了！

“您在小说里的感觉，和我见到的您完全不一样。”我调整了一下状态说道。

“是吗？”他随意应和了一下，一副对我并不怎么感兴趣的样子。

“我来就是想问问，您为什么那么清楚我的情况？”我说出了那件事，试图维持点体面。

“什么情况？”他一点反应都没有。

“我的姓名和地址虽然都隐去了，但老师您不还是识破了吗？前两天我给您写的信上，首先就先问了您那件事的。”

“我并不清楚你的情况，你可真有意思。”他用那双清澈的眼睛直直地盯着我，冷冷地笑了一下。

“啊，好吧……”我开始感觉狼狈起来，“可是，照您所说，您对我那封信的意思，完全不了解啊？您对这件事情只字不提，好过分啊！您当我是傻瓜吗？”

我真的好想哭，我是有多自以为是啊！荒谬，荒谬啊！菊子！用“羞得脸上火辣辣的”之类的话已经不足以形容了，我真想在草地上翻滚，想“哇哇”地大喊一通。可是即便真的这样做，也还是不够的！

“那么，请您把那封信还给我吧！真是太丢脸了，请还给我吧！”

闻言，户田一脸严肃地点了点头。他可能有点生气了，可能是因为被人指责为一个过分的家伙，又惊又气吧！

“我找一下吧，因为那些来信，我并不是每一封都保存起来的，可能已经扔掉了，等会儿我让家里人再找找看。如果找到的话，就给你寄去。是有两封对吗？”

“对，两封。”我感到一阵凄惨。

“我的小说，可能有些什么地方跟你的经历相似吧！但我的小说绝对不会设定原型，它们全都是我虚构的。首先，你最初的那封信……”他突然停了下来，低下了头。

“抱歉……”唉，我现在就是一个缺了牙齿、寒酸难看的女乞丐——紧紧巴巴的毛衣袖口绽开了线，藏青色的裙子上满是补丁。我从头发丝儿到脚指甲，全身上下都遭到了蔑视。小说家就是魔鬼！是骗子！

明明一点都不穷，却要装作家徒四壁的样子；明明有一张气派出众的脸，却要说什么自己相貌丑陋，用以博取同情；明明很努力地在学习，却要说自己没有文化，糊涂呆滞；明明很爱自己的妻子，却要信口开河地说每天都跟妻子吵架；明明过得挺滋润，却要装作一副艰辛困苦的样子给人看。我这个傻子，我被骗了！

于是我什么也没再说，鞠躬，起身道："您的病怎么样了？之前不是说过患有脚气病什么的吗？"

"我很健康。"

我竟然还为了这个人拿了毛毯过来！唉，再把它拿回去吧！菊子，我太丢脸了，在抱着毛毯回去的路上，我忍不住哭了。我把头埋在毛毯里，就那样哭了。然后就被一个开车的司机怒斥："神经病！没长眼啊！"

后来又过了两三天，我的那两封信被装在一个大信封里，用挂号信的方式寄了回来。我还抱有一丝希望："老师会不会写一些安慰的话寄给我，把我从那种羞耻中解救出来？这个大信封里，除了我那两封信，会不会还有老师写给我的一封亲切的安慰信？"

我抱紧信封，一边祈祷一边打开。结果，里面除了我的那两封信，什么也没有……那，或许，会不会在我的信纸的背面，老师会信手写下一些感想什么的？于是我一页一页地找，里里外外仔细地找，结果还是什么都没有……这种羞耻感，菊子你明白吗？我真想找个地缝儿钻进去！我好像一下子老了十岁。什么小说家，真是无聊透顶！人渣！满嘴谎话，一点都不浪漫！他生活在一个并不困苦的家庭，冷冷地蔑视着眼前这个邋遢寒碜的姑娘，蔑视着这个掉了门牙的姑娘。人家离开时，也不说起身送送人家，永远都是一副旁观者的姿态，满不在乎，不闻不问，这样的人简直太可怕了！这种货色，难道不是一个骗子吗？

灯笼

我越是辩解，人们就越是不相信我。这个人也不信，那个人也不信，他们对我都很警惕。即便我想念他们时前去看望，对方也一脸防备地看我，心想我来做什么？这可真叫人难受。

我不想去任何地方。就算是去家旁边的澡堂洗澡，也一定会选择傍晚时分，因为不想让任何人看到我。可饶是如此，我也总觉得自己身上的白色浴衣，在这盛夏时分的昏暗中十分显眼。我简直难过得要死，不知如何是好。天气从昨天开始变得十分凉爽，差不多该穿哔叽夹衣[①]了，所以我打算尽早换上一套不显眼的黑色衣服，穿着它度过秋天，度过冬天，度过春天。若当下一个夏

① 哔叽夹衣，织成平纹的薄毛织物，做整套和服的面料。

天来临，我还是只能穿着现在这套白色浴衣出门，那也太让人难过了。至少明年夏天，我期盼着自己能够身穿一套有着牵牛花图案的浴衣，光明正大地走在路上。我想化上淡妆，走在庙会上熙攘的人群之中。若是真能如此，我该会多么开心啊！一想到这里，我不禁现在就开始兴奋了。

我偷东西了，确实偷了。我并不觉得这是一件好事，可是——算了，我还是从头开始讲起吧！我这些话都是对神明说的，我不奢求人们都能相信。至于愿意相信的人，那就只管相信吧。

我是个独生女，家里是经营木屐店的，并不富裕。有天傍晚，我正在厨房里切葱，忽然听见屋后空地上传来一声小孩子带着哭腔的“姐姐”，听着甚是可怜，于是我一下子停了下来，发起了呆。如果我也有一个这样依赖我、哭着呼唤我的弟弟或妹妹，也许我就不会这么寂寞了吧！想到这里，我本就被葱辣得热泪直流的眼中又涌出一股热泪，抬起手背擦拭，却被辣得更严重了。眼泪汩汩而下，简直不知道怎么办才好。

“木屐店家那个任性的女儿，也终于开始想男人了！”

这种风言风语，最先是从发型屋老板那里传出来的。当时正是樱花飘落、绿肥红瘦之时，瞿麦花和菖蒲花已经开始出现在庙会的夜市上了。虽然被他们这么议论，但那时的我，是真的很快乐啊！每天傍晚，水野就会来接我一起出去散步。我会在那之前就打扮停当，早早地化完妆，把和服穿得平平整整，然后在家门口出出进进，雀跃地期盼。邻居们看到我那副样子，都会指着我窃窃私语地嘲笑:“你们看，木屐店家那个咲子也开始想男人啦！”这些都是我后来才知道的，估计父母那时都已经隐隐约约地觉察到了吧，可是对我没法说什么。

我今年已经二十四岁了，但仍然没有出嫁，也没有招来上门女婿。之所以会这样，家里的贫穷固然是一个原因，另一个原因是，我母亲本是镇上一个颇有权势的地主家的小妾，后来却跟我父亲好上了。她背叛了地主对她的恩宠，跑到了我父亲家，没过多久就生下了我。有人说我的眉眼长得既不像那个地主，也不像我父亲，所以我越来越被人瞧不上，有段时间过得很是抬不起头。我出身于这样的家庭，自然很难与人谈婚论嫁。但即便我生在一个公卿世家，就凭我这副容貌，只怕同样难找婆家。尽管如此，我并不怨恨父亲，也不怨恨母亲。我就是父亲的亲生女儿，不管谁说什么，我都相信我就是他亲生的。父母对我都很好，我待他们也很孝顺。他俩都是怯懦软弱的人，即使面对我这个亲生孩子，有时也会有所顾忌。我觉得，人们都应该对软弱、老实的人多加关照。从前我一直认为，无论怎样的痛苦与孤寂，我都可以为了父母忍受下去。但自从认识了水野，我的心思就全都放到了他身上，对父母到底还是疏于尽孝了。

说起来也是难为情，水野小我五岁，还是个商科学校的学生。但请别见怪，我已经没有其他选择了。今年春天，我的左眼出了些问题，去附近的医院治疗时，就在那里的候诊室认识了水野。我属于那种容易对人一见钟情的女人。那时的水野和我一样，左眼上戴着白色的眼罩，正一脸不快地皱着眉头，翻弄着手中的一本小词典查阅东西。那副样子，看上去着实怪可怜的。

我也正因为戴着眼罩而闷闷不乐。从候诊室的窗户向外看去，长满嫩叶的栲树被浓重的热气笼罩，绿得直逼眼睛，简直像一团绿色的火焰。外面的一切，看上去都像一个遥远的童话国度。水野的脸却好似不属于这个世界，他是那样俊美，那样高贵——我会产生这样的感觉，一定是因为那个眼罩具有魔力吧！

水野是个孤儿，身边没有一个亲人。他家本来经营着一个药材批发店，颇有实力，可水野尚在襁褓之时，他母亲便抛下他撒手人寰。十二岁时，他父亲也去世了，只剩他和哥哥姐姐几个孩子，生活实在是难以为继。后来，两个哥哥和一个姐姐都分别被远房亲戚收养，最年幼的水野便被店里的掌柜接手抚养了。现在，他虽然得以去商科学校上学，但到底是寄人篱下，每天都感到十分孤独。他曾很真诚地对我说，只有和我一起散步时才是最轻松快乐的。而在生活的一应事宜上，他似乎总是囊中羞涩，过得很拮据。今年夏天，他和朋友约好要一起去海边游泳。可是他说起这件事时，脸上没有半点高兴的神色，反而垂头丧气的。于是就在那天夜里，我就偷了东西——偷了一条男式泳裤。

那时，我溜进镇上那家规模最大的大丸百货店，假装对着连衣裙在挑挑拣拣，然后便偷偷从身后扯下了一件黑色男式泳裤，紧紧夹在腋下，悄悄地走出了商店。可还没等我走出四五米，就听身后有人大喊："喂！站住！"于是我害怕得不行，简直想"啊"地大叫一声，所以拔腿就开始跑。可那凶狠的怒吼再次从身后传来："你这小偷！"然后，我肩上就挨了一拳，脚下也绊了一个趔趄。一回头，我脸上又挨了一个大耳光。

随后我就被带到了派出所，门口已经聚起了一堆人，黑压压的，全都是镇上我认识的人。我松开的头发十分散乱，衣衫不整，甚至从浴衣的下摆处露出了膝盖，那副模样真是惨不忍睹。

在派出所，警察让我坐在里面一间铺着榻榻米的狭小房间里，审问了我很多问题。那个警察肤色白皙，面颊瘦长，戴着一副金丝边眼镜，年龄有二十七八岁，看着真是叫人讨厌。他问了我的姓名、地址和年龄，并一一记在了笔记本上。然后，他忽然意味深长地笑了起来："你这是第几次了？"

听他这么一问，我不禁感到一阵寒意，不知该怎么回答。若是慌张胡乱地应对一气，我一定会被关进监狱，背上很重的罪名。如果想不出巧妙的托词，那我可就要倒大霉了。所以我拼命在脑子里搜刮着辩解的词句，可是，我究竟应该咬定什么不松口呢？我陷入了一团迷雾，在里面裹足不前。真的太可怕了，我从未经历过比这更加可怕的事！后来，我终于开口说话了，那样子简直就像在大声喊叫一般。我说出口的那些话，连我自己听着都实在是不像样子，简直是莫名其妙！可当我一说出第一句话，后面我就像被狐仙附体了一般，一直在没完没了地喋喋不休，让人觉得我简直是疯了。

“你们不能把我关到监狱里，我没有错！我今年二十四岁了，在这二十四年里我一直孝顺父母，一直精心地侍奉他们。我有什么错？我从没做过让人从背后戳脊梁骨的事！水野，他是个很好的人，将来一定能出人头地，这我心里有数。我不想让他丢脸。他和朋友约好要去海边游泳，我想给他准备些像样的行装，不让他低人一等，这有什么错！我知道自己很傻，但就算我傻，我也想让水野风风光光地去！他是个高雅的人，跟其他的人都不一样。我自己怎么样都没关系，但只要他能出人头地，我也就别无所求了。我是有任务在身的。你们不能把我关到牢里，我今年二十四岁，迄今为止没做过任何一件坏事。我不是一直在尽心尽力地照顾着我体弱的父母吗？不，你们不能把我关到监狱里，我不该被抓进去！这二十四年里我一直努力生活，就单单因为在某个晚上，因为一念之差伸了手，就因为这点事，就要把我的一生都赔进去？不行，不能这样，这是不对的！我根本完全无法理解！就算我鬼迷心窍般伸出了右手去偷东西，可也就伸出去了一尺左右，而且就那么一次，难道凭这个，便能断定我平时就手脚不干净吗？太过分了，太过分了！就因为那么一次，只有那么两三分钟吧！至于吗？我还年轻呢，我的人生才刚开始！我今后会和之前一样，忍耐着贫穷，忍耐着辛苦，继续生活下去，仅仅是这样而已。我不会有任何改变，会和以前一样，和昨天的我一样！再说就这么一条小小的泳裤，对堂堂大丸百货店来说，能算得了什么呢？有些人骗人钱财，骗了足有一两千日元，不，甚至让人倾家荡产——那些人，反而会受到人们的赞扬，不是吗？监狱到底应该关哪种人呢？里面关的全是些没钱的人，这些人肯定都是一些不会欺骗他人的懦弱且老实的人，他们做不出欺骗别人的事，才渐渐被逼到那个境地，才做出了那些蠢事。有的人仅仅因为抢了两三日元，就被判处五年、十年的牢狱之刑，哈哈哈，太可笑了，太可笑了！这都是什么事啊！太荒谬了！”

我当时一定是疯了，一定是的。只见那个警察目不转睛地听我在那儿一直喋喋不休，脸色都苍白了起来。于是我突然觉得，我好像喜欢上了那个警察。虽然我是在哭，但还是勉强冲他挤出了微笑。估计在他看来，我就是一个精神病吧！后来那个警察小心翼翼、万分谨慎地把我带到了警察署[①]，当天晚上便把我关在了拘留室。隔天早上父亲来接我，我终于被放回了家。回家的路上，父亲只轻声问了我一句有没有挨打，其他便什么也没再说。

看了那天的晚报，我羞愧得满脸通红，连耳根都红了——上面刊登了我偷东西的新闻，标题是“小偷也有三分理，精神异常

---

① 警察署，日本的派出所（写作“交番”）的上一级管辖单位。

的左翼少女巧舌如簧，能言善辩”。但令我感到羞耻的还不仅是这些，因为后来，附近那些邻居都开始在我家周围探头探脑，转来转去。一开始我并不明白他们想干什么，后来才意识到，他们是想来看我的热闹，想来探听我的情况！这使我震惊得浑身发抖。于是我渐渐明白了，我在百货店那点小动作，究竟是一件何等严重的事情。如果家里有毒药，我一定会心甘情愿地坦然喝下去；如果附近有竹丛，我一定会平静从容地走进去，吊死在那里。后来，我家的木屐店就关门歇业了两三天。

不久，我收到了水野的来信：

在这个世界上，我是最相信咲子的人。但是就咲子自身来说，你受的教育还不够。虽然你是一个正直的女性，但是周围的环境没有带给你好的影响。我一直都在努力，想要纠正这种情况，但有些东西，终究是无法改变的。人，必须有学问。前几天我和朋友一起去海边游了泳，在那里，我们就“人必须有上进心”这个话题进行了长时间的探讨。今后，我们应该或早或晚都会有出息的吧！咲子，希望你以后也能谨言慎行，好好向社会做出忏悔，哪怕这忏悔只能弥补你过错的万分之一也好。社会上的人们憎恨的是罪恶，而不是憎恨那个人。

水野三郎

（看完要连同信封一起烧掉，切记！）

这就是信的全文。我忘了，水野本是在一个富裕的环境中成长起来的人。

如坐针毡的日子一天天过去，天气已经变得如此凉快了。今晚，父亲说电灯实在太暗了，家里总这么阴郁可不行，于是就给那间六张榻榻米大小的房间换了个灯泡，足有五十烛①，亮堂堂的。我们一家三人，就在这明亮的灯下吃起了晚饭。母亲嘴里不时说着“啊，真晃眼，真晃眼”，然后用拿筷子的手遮住额头，高兴得合不拢嘴。我也给父亲斟上了酒。“给房间换个灯泡就能高兴成这样，我家的幸福，说到底，也就是这种程度了”——我在心里这样说给自己听，但是并未感到落寞与尴尬，反而觉得，我们一家人坐在这俭朴的电灯下，简直就像一盏绚丽无比的走马灯。我心头涌上一股宁静的喜悦，我想告诉每一个人，甚至想告诉那些院中鸣叫的昆虫：“啊，你们想看就看个够吧，我们一家人，很美丽、很好看呢！”

① 烛，亮度单位，1 烛大约等于 1 坎（德拉），该亮度单位于 1961 年废止。

蟋蟀

我要和你离婚。

你总是对我撒谎，可能我也有不对的地方，但是我并不知道是我哪里做得不好。我已经二十四岁了，即使现在你告诉我哪里做得不对，我也没法改了。除非我像耶稣那样能死而复生，否则断然是改不了的。在我看来，若是自己去寻死，那么罪过便是最大的。所以，我要和你离婚，我要按照自己认为正确的活法，暂且尝试努力地活下去。

我觉得你这个人很可怕。可能在如今这个世道，你这种活法才是正确的。但是，我可没法像你那么活。我跟你在一起已经五年了。十九岁那年春天跟你相亲之后，我便很快只身一人来到你的身边。现在我要说，我的父母当时是强烈反对我嫁给你的。弟弟也是，他那个时候明明刚上大学，却会对我说一些“姐姐，你确定吗”之类显得很老成的话，看上去不是很开心。因为觉得你会生气，所以有件事情我一直沉默至今。

那时候，我其实还说过其他两门亲事。但如今记忆也模糊了，只记得其中一位是刚从帝国大学法学专业毕业的少爷，听闻志向是成为一名外交官之类的。我看过他的照片，长相看上去很开朗，是个乐天派。这门亲事是池袋的大姐介绍的。另一位，是个在父亲公司工作的快三十岁的工程师。那些都已经是五年前的事了，现在我已经记不大清楚了。只是听说，他是一个大户人家的长子，为人也很踏实。父亲对他很是中意，父母都很支持我跟他交往。他的照片，我想我应该没看过。这些事情其实都无所谓，但是我怕被你笑话，然后心里难受，所以就把记得的这点告诉你了。现在说这些事，绝不是为了给你添堵或者什么的，这一点请你务必相信。

其实我还是挺难过的，毕竟，我从来都没觉得要是自己嫁到其他更好的地方就好了。那种不贞、愚蠢的想法我是从来都没有过的，我不会考虑你之外的任何人。你要是用平时那副做派拿这个来取笑，那我真的会觉得很难过。因为我是很认真地在跟你说这件事情，我希望你能耐心地听我说。无论是那个时候还是现在，我都没有一丁点儿想和你之外的人结婚的念头，这一点我十分确定。从小，我就无比讨厌做事磨磨蹭蹭的。那个时候，无论我的父母还是池袋的大姐，都跟我说了很多，劝我至少先见见面什么的，但是对我来说，相亲和结婚就是一样的，所以我不敢轻易地做出回应，因为我压根儿没想过和那样的人结婚。如果真如大家所说，对方是一个无可挑剔的人的话，那么即便不是我，他也能找到其他更好的结婚对象，所以我就总是觉得很没劲。

我曾经懵懵懂懂地想，自己一定要嫁给这世上那个非我不娶的人（这么说，你又该笑话我了）。刚好这个时候，你那边来我家说了亲。但这实在太过草率了，所以父母从一开始就不是很乐意。当时那位古董商但马先生到我父亲的公司卖画，一番滔滔不绝之后，他开了一个非常不谨慎的玩笑："这幅画的作者，日后必定是个人物。怎么样？令千金是否考虑一下？"

父亲敷衍了过去，根本没放在心上，只是把画买下来挂在了公司接待室的墙上。之后过了两三天，但马先生又来了，这次竟然是很认真地来提亲的。我父母都惊呆了："这也太唐突了！若是来提亲的但马先生都这么不着调，那拜托但马先生来提亲的那位，岂不更……"

但是，之后你来拜访时我们才知道，你根本不知道那件事情，只是但马先生出于对朋友的情谊，才自作主张来我家提了亲。

但马先生一直都很关照你，如今你能有一番作为，也多亏了但马先生啊！他对你真是尽心尽力，不惜放下自己的生意也要帮你跑腿，到底是他看重你的缘故啊！今后，你也一定不能忘记但马先生。

那时，我听了但马先生鲁莽的请求，虽然有些惊讶，但还是鬼使神差地突然想去跟你见一见。不知怎的，我总觉得有点兴奋。有一天，我偷偷地到父亲公司，去看了你的那张画，这件事我跟你说过吧？那天我装作有事去找父亲，溜进了公司接待室，自己很认真地端详了你那幅画。那天天气非常冷，宽敞的接待室里，一丝热乎气儿都没有。我就站在接待室的角落看你的画，冻得哆哆嗦嗦的。

那幅画，画的是一个小小的庭院，还有阳光照耀下的檐廊。檐廊里空无一人，只有一个白色的坐垫在那里放着，画上只有蓝、黄、白三个颜色。看着看着，我哆嗦得更加厉害，几乎快要站不住了。我当时就觉得，这幅画除我之外，便没有人能看懂了。我可是在很认真地跟你说这些的，你可不能笑话我。我看了那幅画之后的两三天，无论白天还是黑夜，身体都止不住地颤抖。我当时就想，无论如何，我都要嫁给你。这种轻浮点燃了我内心的火苗，虽然让我觉得很羞耻，但我还是去央求了母亲。母亲显得非常不情愿，这我已经料到了，但我并未死心，于是毫不犹豫地直接回复了但马先生。但马先生大声惊叹道："小姐真是了不起！"说着他便站了起来，结果被椅子绊倒，摔了一跤，可我俩谁都没有笑。

接下来的事情，你应该也都清楚了。我家对你的评价越来越差，我的父母给我讲了各种关于你的事，比如，他们说你擅自离开自己的故乡濑户内海，瞒着父母跑到东京，于是你父母自不必说，就连亲戚都不喜欢你；他们说你酗酒，说你从未在展览会上展出作品，还说你像个左翼分子，甚至怀疑你到底是不是从美术学校毕业的。此外还说了好多事，也不知道是从哪里打听来的。但是在但马先生热心的说合下，我和你总算走到了相亲这一步。

那天，我和母亲一起来到了千疋屋[①]的二楼。你跟我想象的一样，那干净整洁的衬衫袖口，更加深了我对你的好感。我端起放着红茶的托盘时，身体却像故意使坏似的，控制不住地颤抖了起来。于是勺子在盘子上来回晃动，发出“嘎达嘎达”的声响，真是太尴尬了。

回到家之后，母亲更是一个劲儿地说你的不好。说你只顾着抽烟，根本没有认真跟她搭话，这无论如何都是不可以的，太失礼了。此外，还不停地说你面相不好，没有前途之类的。但是，我已经决定要嫁给你了。经过一个月的僵持，最终还是我胜利了。

于是和但马先生商量过之后，我便只身一人去了你那里。对我来说，再也没有比在淀桥的公寓生活的那两年更快乐的时光了。那时的每一天，我内心都充满着对未来的计划。而你无论对展览会，还是对什么功名利禄，都一点也不关心，只是随性地

① 千疋屋，日本的连锁甜品店，在东京有多家分店，总店诞生于1834年。

作画。

说来也是奇怪，日子越是贫穷，我就越是有种莫名的激动和兴奋。对于那些常打交道的当铺也好，旧书店也好，我都有着一种在遥远回忆中的故乡一般的亲近感。当真正到了一贫如洗的时候，我就能尝试着激发自己所有的力量，特别有干劲儿。毕竟在没钱的时候，再也没有比一顿可口的饭菜更让人感到开心的了吧？我不是接二连三地发明了好几道不错的菜肴吗？可现在不行了，现在只要我想要，便什么都能买，一想到这个，我就没有任何奇思妙想了。即便是去逛市场，我也觉得毫无生趣。大妈们买什么，我便也跟她们一样买回来，然后回家，如是而已。因为后来，你在突然间就一举成名，日子好过了，我们便离开了那间淀桥的公寓，住到了这所位于三鹰[①]的房子里。

从那以后，便任何开心的事情都没有了，让我能够一展身手的地方也没有了。你突然变得能说会道，对我也更加呵护，但我自己总觉得我就像一只被豢养的家猫，这总是让我很痛苦。我从来没有想过，你会成为这世上出人头地的大人物。我一直以为，你一生会至死都很贫穷，会一直随心所欲地画画，哪怕被世人嘲笑也毫不在意，我以为你不会向任何人低头，会偶尔喝喝喜欢的小酒，会度过一个不被俗世玷污的人生——呵，都是我太傻了吧！

① 三鹰，位于东京都中央部武藏野台地的街区。

但无论在那时还是现在我都相信：在这个世界上，应该有着那样一个美好的人吧？他头上戴着桂冠，可是因为其他人都不具慧眼，看不出来，所以他一定会受到轻视和愚弄吧？没有人会嫁给他、照顾他，所以，我想去伺候他一辈子。我曾一直以为，你就是一个这样的天使；我曾一直以为，除了我，再没有别人能懂。结果，唉，到头来怎么样了呢？一夜之间，你不知怎的就成了了不起的大人物。对此，我却莫名地感到羞愧不已。

我并不是憎恨你出人头地。当我得知你那凄美到无以名状的画作逐渐被越来越多的人喜爱之后，我十分欣喜，每晚都在感谢神灵庇佑，高兴得直想哭。住在淀桥公寓的两年间，你随性地画那自己喜欢的公寓后院，画那深夜新宿的街道。到了家里一分钱都没有的时候，但马先生就会来选上两三幅画，然后作为交换，给我们留下足够的钱用以生活。那时候，每当看到你的画作被但马先生拿走时，你脸上都会流露出无比落寞的样子，对钱之类的事情却丝毫不关心。但马先生每次来，都会照例悄悄地把我叫到走廊上，很认真地对我说“还请多多关照”，然后冲我行个礼，再往我的和服腰带里塞一个白色的长信封。对此，你总是一副什么都不知道的样子，而我也不会马上就翻看信封，那太不体面了。因为我一直认为，没钱就没钱吧，总能活下去的。我从没跟你报告过人家给了多少钱之类的，因为不想让你受这些世俗的沾染。我确实也从来没有向你表达过我想要很多的钱、想让你成为一个名人之类的愿望，一次都没有。我一直以为，像你这样不善言辞、行事莽撞的人（这么说你不好意思），是绝对不可能成为有钱人，也绝对不可能成名的。可这些都是你装出来的，为什么呢？为什么？

自从但马先生来找你谈举办个人画展的事以后，不知怎的，你便开始注意起自己的形象了。你先是看了牙医，原先你有很多蛀牙，笑起来简直像个老头儿。可你毫不在意，即使我劝你去看看大夫，你也总是半开玩笑地说："没关系，等都掉光了，我镶上一整口假牙就是。哎呀，要是金灿灿的大金牙，让姑娘家喜欢上了可怎么办呀！"

那时每每说起牙的事，你就这样搪塞我，但最近不知刮的什么风，你竟然在工作的间隙跑去镶了牙。一回两回，一颗两颗，下班后便露着那些闪闪的金牙回到家。

"来，笑一个看看。"

只消我这一句话，你那满是胡楂的脸便会羞得通红，还会很少见地辩解起来，说"都是但马那家伙非让拾掇不可"。

在我来到淀桥的第二年秋天，你举办了个人画展。我真是满心欢喜——你的画能被更多的人喜爱，还有比这更开心的事吗？还是我有先见之明呢！没想到在那之后，报纸上便满是对你的赞美之词，你展出去的画也被抢购一空，甚至还有书画界的大家给你来了信。这一切都太过美妙，反倒让我生出些许恐慌。你和但马先生几次三番让我去会场看看，但我只能浑身发抖地躲在屋里织毛线。

你的那些画在墙上二十幅三十幅地挂成一排，还有一大群人驻足观赏——这场景，光是想想我就要泪流满面了。幸福来得太快太满，我甚至觉得，幸福来得太过突然，一定会有厄运接踵而至。于是现在我每天夜里都会对着上帝忏悔、祈祷，现有的幸福就已足够了，今后就请多多保佑我的夫君无病无灾吧！

从那之后，你每晚都要跟着但马先生一起去各方知名大家的府上拜访，有时甚至到次日清晨才回来，其实这些我都不在意。但你一回来，就要把前一晚的事一五一十地讲给我听，什么某某老师如何如何，真是一个蠢材之类的。你这些话实在无聊透顶，一点都不像从之前那个少言寡言的你嘴里说出来的。在此前和你一起生活的两年里，我从未听你讲过别人一次坏话。以前的你总是一副唯我独尊的派头，现在这些什么某某老师如何如何之类的事，你不是从来都不关心的吗？

再者，你之所以拐弯抹角地费力辩解，无非想让我相信你前一天晚上没做什么亏心事。但我也是个这么大的人了，难不成还能什么都不明白吗？所以你还不如大大方方地如实相告，那样的话，我听了也就难受个一两天，过后倒也轻松些，反正也是要做一辈子夫妻的。在这方面，我本来就是不太相信男人的，但也不会成天疑神疑鬼。所以对这个我并不太担心，要是你真的做过，我也能一笑而过。然而除了这个，还有其他更加让我难过的事情。

我们的生活一下子阔绰了起来，你也变得格外忙碌，还受邀加入二科会[①]，成了会员。然后，你便开始嫌弃我们那间逼仄的公寓了。但马先生也开始一个劲儿撺掇你搬走，还给你洗脑说，如果住在这样一间公寓里，会对你的社会声望产生不好的影响，并且会连累你的画卖不出好价钱，所以，不如干脆去租一座大宅子住。而你对此也深以为然，说什么住在这里会被人小瞧的——你意气风发地说着这些俗不可耐的话，这让我非常讶异，心里顿时凉凉的。之后，但马先生骑着自行车四处奔走，在三鹰町为我们寻到了这所宅子。

于是在年关将近时，我们只带了几件家具，就搬进了这所大到离谱的宅子。我还没回过神来，你就从商场买来了各式各样的奢华家具，当这些家具一件件被搬进家中的时候，我突然觉得胸口堵得慌，然后心中陡然生出一股悲伤——这样，不就和那些随处可见的暴发户没什么两样了吗？但是为了不让你扫兴，我还是努力装作兴高采烈的样子。不知不觉间，我也变成了自己曾经厌恶的“太太”模样了。你甚至提出要雇个女佣，但唯独这一条，我是无论如何也接受不了、坚决反对的，因为我没法使唤别人。

---

① 二科会，日本美术团体二科会，成立于1914年，1944年因战争临时解散。1945年再次成立，1979年成为社团法人。现有绘画部、雕刻部、设计部、摄影部，每年秋天举办公募展览。

搬来以后，你立刻印了三百张贺年卡兼搬家通知，整整三百张！你什么时候结交了这么多朋友呢？你似乎在走一条危险的钢丝绳，这让我心里惶恐不已。总觉得不久就会有灾祸临头，你不是一个仅靠俗套的人情交往就能获得成功的人啊！每每想到这一点，我便胆战心惊，惶惶不可终日。可此后你非但没遇到任何挫折，反而好事连连。难道是我错了吗？就连我的母亲也时不时来家中看望我们，每次都带来和服和存折之类的东西，心情大好。父亲也把那幅原本挂在公司接待室的画——一开始他还嫌弃画不好看，搁在公司的杂物间呢——拿回了家，还换上了一个精美的画框，挂在了自己的书房里。还有我住在池袋的大姐也写信来，让我努力做个贤内助。上门拜访的客人越来越多，有时连客厅都坐不下了。每当这种时候，你那爽朗的笑声便是在厨房也能听得到。你真的变得能说会道了，以前的你是那么少言寡语，我一直都以为你是内心通透，觉得多说无益，所以才一言不发的呢，现在看来也不是那么回事啊！在客人面前，你也会说一些无聊至极的话。就像前几天，你把一位客人对画作的评论照搬过来当作自己的高见，煞有介事地高谈阔论了一番；还有一次，我把自己读小说的感想说给你听，第二天你就一本正经地和客人说什么“就连莫泊桑，也对信仰心存敬畏呢”之类的话。当时我端着茶正要进客厅，听到你原封不动地把我的愚见说了出来，顿时羞得停下脚步站在了原地——原来以前，你真的什么都不懂啊！对不起，我虽然也是一个学识浅薄的人，但起码会用自己的语言进行表达，而你呢？要么一言不发，要么鹦鹉学舌。

但尽管如此，你还是获得了成功，真是不可思议。那一年，你在加入二科会后展出的画作获得了报社的大奖。报纸上更是登满了对你的溢美之词，看得直叫人脸红——什么“孤高”“清贫”“深沉”“忧郁”“虔诚”“夏凡纳”①，云云。之后你和客人聊起来时，居然还大言不惭地说那篇报道较为客观——你听听，你说的都是什么话呀！我们可一点都不清贫，看看家里的存折吧！自从搬进这个家后，你简直像变了个人，时常把钱挂在嘴上。每当有客人向你求画，你便毫不客气地开出价码，不带一点犹豫。还对客人说什么：“还是事先说清楚比较好，省得事后麻烦，这样大家相处起来也能更融洽。”

我在一旁偶然听到，顿时觉得浑身不舒服。为什么就这么看重金钱呢？我觉得只要画得出好作品，生活自然会有着落的啊！认真工作，不求名利，甘愿清贫，勤谨过活——难道还有比这更惬意的事吗？我对金钱没什么欲望，只希望胸怀一份傲骨，平静地生活下去就好。但是最近，你甚至开始翻看我的钱包了。只要一有进项，你便把钱分成两份，分别装进你的大钱包和我的小钱包。你在你的钱包里塞上五张大钞，再把一张大额钞票折四折塞

① 皮耶·皮维斯·德·夏凡纳（1824—1898），法国画家。

进我的钱包，余下的就统统存进邮局或者银行。每当这时，我总是站在一旁看着。有一次我忘记给放着存折的抽屉上锁，你发现了，十分不悦地抱怨我马虎，这可真让我泄气。每次你去画廊收钱，大致都会第三天才回来，但即便是深夜喝得醉醺醺地回来时，你"嘎吱"一声推开门，进门第一句话也是："喂，今天还剩了三百块呢，你数一下！"

这话可真令人心寒——那本就是你的钱，你想怎么花都行啊！我也理解你偶尔想消遣消遣，挥霍一番，但就算都花光了又如何呢？难道你认为我会因此而感到沮丧吗？有钱的好处我自然是懂的，但也不会满脑子都只想着钱。只剩三百块回来，还一脸得意扬扬，真正让我难过的正是你这种心态。我一点也不爱钱，也没什么特别想买的、想吃的或想看的，家里的用具也基本上都是利用旧物，和服也是重新染色翻新，不会购置新的。没钱总归有没钱的过法，就连手巾架，我也不想买新的，因为我觉得那是种浪费。你时常带我去市内，请我吃昂贵的中华料理，可我一点也不觉得好吃。我坐在店里总是惶惶然的，总觉得浑身不自在，真是太奢侈、太浪费了。比起三百块和中华料理，我倒是更希望你能在后院给我搭一个丝瓜架，那我不知会有多开心。家中那间八叠[①]房间的檐廊那边到了下午夕照强烈，正适合搭一个丝瓜架

① 铺了八张榻榻米的房间，约十四平方米。

子。但无论我怎么请求，你都不肯亲自动手，还说什么找个园丁来搭，但那种阔绰人家的做派，我可真是学不来啊！我就希望你能自己动手，但你只是敷衍我说什么明年再搭，于是一直拖到现在，最终也就不了了之了。

你总是在自己的事上铺张浪费，对别人的难处却漠不关心。记得有一次，你的朋友雨宫先生因为夫人生病生活困顿，来找你帮忙，你故意把我叫去客厅，一本正经地问道："家里还有钱吗？"

搞得我哭笑不得地窘在一旁。正当我红着脸不知所措时，你又揶揄般地说："别藏着掖着了，好好找找，总能找出二十块来吧？"

我有些吃惊，才二十块！我重新打量着你的脸，而你却摆了摆手，像是要拂开我的视线似的说："好啦好啦，就算我借你的吧，别那么小气！"

说完又转身笑着对雨宫先生说什么，这种时候，才知穷日子的苦啊！咱们也是半斤八两呀！而我已经诧异到一句话也说不出来了。清贫？你和它可是一点都不沾边儿啊！至于忧郁气质什么的就更别提了，现在的你身上哪儿还有那种美感呢？正相反，你就是一个恣意妄为的乐天派。每天早上，你不是都会在盥洗间里大声哼唱俗气的小曲儿吗？羞得我简直都不敢出门见邻居。"虔诚""夏凡纳"？这些词用在你身上真是糟蹋了。更别提什么"孤高"了，你一直都活在周围人的吹捧中，难道自己心里没数吗？来家中拜访的客人都口口声声称你为老师，你却把别人的画作逐个贬得体无完肤，还扬言自己在艺术之路上无人作陪，只得踽踽独行。可是如果你真这样想，就不会去大肆贬损他人，以此来博得客人们的认同了吧？你不过是想从客人嘴里得到赞誉罢了，哪怕他们说的都是些场面话。这还算什么孤高呢？真的有必要让每个人都敬佩你吗？你真是个大骗子。去年你退出二科会，自己组建了一个什么新浪漫派团体，你知道那时我心里有多悲凉吗？因为被你集结到这个团体里的，全都是那些你背地里嘲笑过、贬低过的人啊！你这个人，真的是没有一点原则。难不成在这世间，你这种生存方式才是正确的吗？

有一次葛西先生来做客，你和他一起说雨宫先生的坏话，又是愤慨，又是讥讽。但是当雨宫先生来的时候，你又表现得那么和蔼可亲，说什么“你才是我唯一的朋友”，那叫一个情真意切，完全看不出是在撒谎。然后话锋一转，你又抨击起葛西先生的言行来了。莫非这世间的成功人士都是你这副德行吗？你如此行事，居然也能顺风顺水，一路高升，真是让我莫名恐惧，感到匪夷所思。你一定会有报应的，嗯，有报应才好呢！举头三尺有神明，就让报应尽管来吧！再说，有点报应也对你好。我甚至在心中暗暗祈求厄运的降临。

但是报应终究没有到来，坏事一件也没发生，好事依旧接踵而至。你的新团体举办的第一次展会好评如潮，据说观众们都称赞，你那幅菊花的画作心境澄明，散发着圣洁爱情的馥郁芬芳。为什么会是这样？我实在无法理解。

今年正月初，你第一次带我去那位知名画家——冈井老师的府上拜访，他是你最热心的支持者。老师身为大家，却住在一座比我们家小得多的宅子里，我顿时觉得那才是真正的大家风范呢！冈井老师身材胖胖的，坐在那里不动如山。他盘着腿，锐利的眼神透过眼镜仔细打量着我，那才是孤高之人该有的眼神。如同第一次在父亲的公司，在那间寒冷的接待室里初次看到你的画作时一样，我全身都止不住地微微颤抖起来。老师随意地聊着一些无关紧要的话题，看到我便半开玩笑地说："哦，夫人气质不凡呢，想必是武家①出身吧？"

你却立刻接起话来，一本正经又炫耀似的说道："内人的母亲是士族②出身呢！"

而我在一旁听得冷汗直流——我母亲什么时候变成士族了？我父母二人都是地道的平民啊！这样下去要不了多久，别人再一

---

① 武家，武士门第。镰仓时代（1185—1333）以后与公家相对，幕府、将军、御家人等的称呼。

② 士族，武士的门第。1869 年奉还版籍后，朝廷授予旧武士家系的身份称谓。与华族不同，不享有法律上的特别待遇。1947 年废除。

起哄，你就得说我的母亲是华族[1]了吧？想想都觉得可怕。但是，就连老师这样的人物都没能看穿你的谎言，真是不可思议。莫非世人都是如此吗？老师还亲切地慰问你："想必最近工作很辛苦吧？"

不知为何，此刻我的脑海里不断浮现出你每天早上在盥洗间里哼唱低俗小曲儿的场景，心里只觉得好笑，差点笑出声来。后来从老师家出来，还没走多远，你便用脚狠狠地踹地上的沙砾，说道："切！这混蛋，就知道对女人甜言蜜语！"

你这副样子令一旁的我大吃一惊——实在是太卑劣了，明明刚才还在老师面前点头哈腰，可转过头就说起坏话来了，你简直是个疯子。

从那时起，我便决定要和你离婚了。我再也无法忍受你了，这都是你的错，我希望你厄运临头，可此后仍旧没有任何坏事发生。并且，你似乎连但马先生昔日对我们的恩情都忘了，对朋友说什么"但马这个混蛋又来了"。而但马先生似乎也对此有所耳闻，再来时竟主动说"但马这混蛋又来了哟"，然后径自从门口走了进来。我已经无法理解你们这些人是怎么回事了，做人的尊严都哪儿去了？

---

① 华族，日本旧宪法中位于皇族之下、士族之上，享有贵族待遇的特权身份。始于1869年，据1884年的《华族令》，授予公、侯、伯、子、男爵位。

我要和你离婚。我甚至觉得，你们是在合起伙来捉弄我。前些天，我听到你在广播上讨论什么新浪漫派之于当下时局的意义。当时我正在茶室读晚报，广播里突然提到了你的名字，紧接着就传出了你的声音。那声音判若他人，那是个多么肮脏而又浑浊的声音啊！让我觉得这声音的主人一定是个讨厌的人。如今我已经看清你了，所以才能跳出来，以旁观者的角度批判你——你不过是个庸人而已。虽然今后，你大概仍然会平步青云，出人头地。但在我看来，一切都是那么无趣。

“我之所以有今天……”

听你在广播里说到这一句话，我就立刻关掉了收音机。你真以为自己有多了不起吗？实在是不知羞耻——“之所以有今天”？这种愚蠢到可怕的话，你可不要再说第二遍了！啊，真希望你狠狠栽个跟头，从此一蹶不振！

那天夜里，我早早地就休息了。关了灯，我一个人仰面躺着，突然听到身下有只蟋蟀在拼命地叫，应该是从檐廊的地板下面传出来的吧？但听起来就像是在我后背的正下方似的。我甚至觉得，在我的脊椎骨里也有一只小蟋蟀正在叫个不停。我想把那细小、微弱的声音封进我的脊梁，并且铭记一生。如今这世道，或许你才是正确的，错的人是我吧？但我究竟错在哪儿了，怎么错了呢？这件事，我真是无论如何也想不明白。

皮肤与心

“噗嗤”一下，我发现左乳下方长了一颗红豆粒般的小疙瘩。仔细一瞧，那个小疙瘩周围也如同喷过雾一般，零散地长出了一些细小的红疙瘩，却不痛也不痒。

我感到十分膈应，便在澡堂里用毛巾狠狠地擦拭乳房下方那片小疙瘩，连皮都要搓破了，却似乎没有什么作用，白忙活一场。回到家，我坐在梳妆镜前，赤裸着胸部对着镜子一看，感到很不舒服。从澡堂到我家，步行不到五分钟。但就这一会儿工夫，那片小疙瘩就已经从乳房下方蔓延到了腹部，面积约有两个手掌那么大，密密麻麻的，像一片熟透了的草莓一样鲜红。于我而言，这景象简直如同人间炼狱，直叫天地都阴暗得变了颜色。从那时起，我便不再是以前的我，甚至觉得自己都没个人样了。所谓的失魂落魄，大概就是指我这般模样吧！

很长的一段时间里，我都只是一直呆呆地坐着。灰暗的乌云，悄无声息地把我团团围住。我已经从这尘世间远离，所有响动到了我耳边，都变成了只能依稀听见的微弱声响。就这样，我坠入了大地之底，陷入了分分秒秒的沉闷阴郁。我盯着镜子里自己的裸体看了好久，发现身上就像淅淅沥沥地下小雨一般，红色的小疙瘩“噗嗤”“噗嗤”地，一颗接着一颗从身体各处冒了出来。脖颈周围、胸前、腹部都是，看样子已经延伸到了后背，简直无一处幸免。我摆弄着两面镜子，将它们对起来照了一下，只见原本洁白无瑕的后背上布满了一颗颗红色的小疙瘩，吓得我不禁捂住了脸。

“啊！我身上怎么长了这些东西！”

我让丈夫看了看。时值六月初旬，他上身穿着半袖衬衫，下身穿着一件短裤，正闲下来坐在办公桌前抽烟。看样子，他今天的工作已经做完了。

他站了起来，让我转过来又转过去，皱着眉头仔细端详，手指还时不时试探着戳几下。

“痒不痒？”他问道。

我说不痒，甚至完全察觉不到它们的存在。他纳闷了一会儿，随后，便让我站到走廊上那抹夕阳下，围着赤裸的我转来转去，查看得相当仔细。一遇到跟我身体相关的事，他总是非常挂心，照顾得无微不至，甚至会有些过于紧张。他虽然沉默寡言，但对我一直都关怀备至。这一点我很清楚，所以即便他让我赤身裸体地站在走廊的光亮处，还让我面朝不同方向转来转去，随意摆弄了半天，我的内心也如同向上帝祈祷般平静安详。啊，我是多么安心啊！我一动不动地站在那里，轻轻闭上了双眼。真想就这么一直闭着眼睛，到死都不睁开。

“还真是看不出来呢！如果是荨麻疹，应该会觉得痒才对。难不成，是麻疹？”

“难道是我对米糠过敏？每次我去澡堂，都会拿米糠使劲儿搓洗脖子和胸前呢。”我重新穿好衣服，可怜兮兮地笑了笑说道。

思考片刻，他觉得可能就是这个原因了，便去药店买来一盒白色乳膏，闷声不吭地用手指涂到我身上。他轻揉慢推，将药逐渐涂抹开来，像是要直接揉进我皮肤里似的。很快，我身上变得清清凉凉的，紧绷的神经也放松了一些。

“这个应该不会传染吧？”

“不要担心。”

话虽如此，但我仍然能感受到他在为我担忧，为我伤神。这种心绪从他指尖传递出来，在我腐烂的胸口处盘旋震荡。啊，我多么希望自己能快点好起来啊！真的是很希望啊！

对我这副丑陋的容颜，丈夫总是呵护得十分细致。即便是平时开玩笑，他也不会拿我脸上那些奇怪的缺陷来取笑，还总是会对我认认真真地说：“很好看呀！我很喜欢。”他脸上的神情如同晴空一般澄澈。但常常，当他冷不丁地冒出这句话时，我便会十分慌乱，手足无措。

今年三月，我们刚刚结婚。我们是如此贫弱，如此难堪，以至于结婚这件事对我来说，甚至有些不堪入耳，让我感觉十分轻浮。我难以用轻松的语气去谈论它，所以就连“结婚”这个词，我都无法若无其事、大大方方地说出口。

之所以会如此，首先是因为我已经二十八岁了。而且我的相貌如此丑陋，姻缘也十分浅薄。在二十四五岁之前，我也经历过两三段感情，但无一不以失败告终。我们家一贫如洗，家里只有母亲、妹妹和我，都是女人，十分弱势。因此我也不指望能有什么好姻缘，那对我来说只是个虚无缥缈的梦。二十五岁时，我就已经做好了心理准备：即使我这一生都结不了婚，也要帮助母亲维持这个家，和她一起把妹妹养大，这就是我全部的人生意义。

妹妹比我小七岁，今年二十一。她容貌端庄，长相出众，已经开始慢慢懂事，不再任性，眼看着就长成一个好姑娘了。我打算为妹妹寻一门好亲事，给她招一个好女婿来当顶梁柱之后，我便也要独立谋生了。在那之前，我要管理好家里的一应事宜，比如日常生计、人情往来等，我得好好守护这个家。当我决定如此之后，此前困扰我许久的种种烦忧便全都烟消云散，那些困苦、寂寥也都离我远去。除了主好事、当好家，我还努力学习了西式缝纫，然后渐渐接了一些活儿，为附近居民的孩子们缝制衣物。正当我向着未来独立的目标迈进时，有人给我介绍了他。

前来说媒的是我父亲生前的恩人，囿于情谊，我无法随意回绝。听恩人说，对方小学毕业，没有父母也没有兄弟姐妹，在很小的时候便被自己捡回来养了。当然，对方也没什么钱，现年三十五岁，算是个小有才华的图样设计工。有时月收入能超过二百日元，也有时一个月都没有进账，平均下来一个月能赚到七八十日元。此外，他还结过婚，和喜欢的女人一起生活了六年，前年因故分开后，他没有学历，没有财产，年纪又大了，便也对结婚死了心，索性不再娶妻，打算从此之后一个人自在悠闲地生活。恩人劝他说，若是这样，就会被看成一个怪人，还是早点再娶的好，而且已经在替他张罗婚事了。

听着恩人对我们推心置腹地说到这儿，我和母亲面面相觑，感到十分为难——这实在谈不上是一桩好姻缘。就算我是个嫁不出去的大龄丑女，却从未犯过什么大错啊！怎么弄得好像我这辈子就只能嫁给这样一个人了似的？我最开始很生气，但之后又不禁感到十分悲凉。我只能拒绝，可是前来说媒的是父亲的恩人，于我家有恩。母亲和我都觉得，拒绝归拒绝，但还是不要把关系闹僵。于是就在这种迟迟疑疑、磨磨蹭蹭的过程中，我突然觉得那个人也怪可怜的。

他一定是个温柔善良的人吧！我也只是女子学校毕业，没有什么学问，也拿不出什么嫁妆。父亲又去世了，我们家也很贫困。而且正如大家所见，我长得不好看，年龄也大，可能我才是一无是处的一方吧？或许，我们会是一对般配的夫妻呢！反正我终究是不幸的，比起拒绝亲事使得双方都尴尬，倒不如就这么答应下来，于是我心中的天平渐渐倒向了另一边。而难为情的是，我内心起伏的情绪使得脸颊都微微发红了。

“你真的愿意吗？”母亲一脸担忧地问我。而我没有多说什么，直接就对着媒人应允了这桩婚事。

结婚之后，我很幸福。不，不对，应该说我真的非常幸福，简直到了要遭上天嫉妒的程度。丈夫对我十分宠爱，照料有加。他性格有些软弱，看样子似乎是被前妻抛弃的，因此更是一副唯唯诺诺的样子，对任何事物都没有自信，让人十分气恼。他长得又瘦又小，还一脸寒酸样，可是对工作十分热忱。而且大大出乎我意料的是，有一次我无意中瞟到他设计的图案，竟发觉十分眼熟，这真是奇妙的缘分呀！我向他问起，结果发现这果真就是我记忆中那个图案！我仿佛从此时才真正爱上了他，心脏怦怦直跳——银座那家有名的化妆品店的藤蔓玫瑰的商标就是他设计的！不仅如此，那家化妆品店推出的香水、肥皂、蜜粉等产品的商标图案，甚至报纸上的广告，图样也全是用的他的作品！

早在十年前，这个独特的藤蔓玫瑰图样就已经成了那家店的专属商标，还有海报和报纸等，几乎全是他一个人绘制的。而现在，那个藤蔓玫瑰的图样已经十分出名，连外国人都知道。那藤蔓玫瑰典雅地缠绕着，即使不知道那家化妆品店的店名，但只要见过这个极具辨识度的图样，就一定会记得。

我感觉从在女子学校读书时起，我就记得那个藤蔓玫瑰了。我莫名地被那个图案吸引，毕业之后，我所有的化妆品都是在那家店里购买的。从某种程度上说，我是那家店的粉丝。但是，我从未思考过那个图案是谁设计的，一次都没有。说起来还真是有些粗线条啊！不过不只是我，想必世上的人们都一样，当他们在报纸上看到一幅设计精巧的广告画时，大概也并不会去思考它的设计者是谁吧！设计工啊，大概就如同幕后英雄一般呢！

嫁给他之后，过了一段时间我才注意到这件事。知道后我十分高兴：

“啊呀，我在读女子学校时就非常喜欢这个图案了，原来是你设计的！天啊，太开心了！太幸福了！这样一说，咱俩之间好像从十年前开始就产生了联系呢！我们如今的缘分，大概也是从那时就注定好的吧！”我有些兴奋地说道。

只见他的脸都红了：“别逗我了，这不过是我的工作罢了。”他不停地眨着眼睛，似是害羞极了，转眼又有气无力地笑了笑，神情似乎有些悲伤。他总是贬低自己，明明我并没有任何不满，他却很在意他的缺点，比如学历，或者之前结过婚，以及自己那一脸的寒酸样。可如果他要这样想的话，那像我这样的丑八怪，又该如何自处呢？我们两个都缺乏自信，脸上堆满了羞赧的皱纹，总是局促不安，战战兢兢。他有时会希望我能努力对他撒撒娇，可我都已经是个二十八岁的老女人了，长得也不好看，实在是没有勇气。再加上天天看着丈夫缺乏自信、唯唯诺诺的样子，我仿佛也被传染了一般，变得越发拘束，万万做不到一脸纯真地去跟他撒娇。我心中对他明明十分爱慕，面对他时却总是异常的庄重且冷淡。于是，他便也更加不舒服了。我正是因为了解他的这些想法，才会更加局促，更加放不开，全然将他当成外人对待。而他似乎也很清楚我缺乏自信，常常会装作若无其事的样子，笨拙且突兀地夸我长得好看，夸我和服的纹样美丽。我明白他是出于一番好意，想要哄我开心，可是我一点也高兴不起来，内心被难过堵得满满当当，简直想要流泪。

他是一个好人，不会让我察觉到任何关于他前妻的事，不让我因此事心烦。所以，我总是忘记他曾经结过婚。我们现在的家是结婚之后新租的房子，此前，他一个人住在赤坂[①]的公寓里。也许是不想留下糟糕的记忆，再加上对我的体念，他便把以前的家具全部卖掉，仅仅带着工作所需的用具搬到了筑地[②]这间房子里。母亲后来也给了我一点钱，只有一点，我们便慢慢地购置了

① 赤坂，位于日本东京都港区北部。

② 筑地，日本东京都中央区地区名。

一些家具。现在的被褥和柜子都是我从本乡的娘家带来的。有关他前妻的一切，都未曾出现在我们的生活中，因此我到现在都无法想象，他之前与除我以外的一个女人曾共同生活了六年。

说真的，如果他抛去那无用的卑微，对我粗暴一些，斥责我、苛待我的话，或许我也能天真地唱唱歌，尽情地向他撒撒娇吧？那样一来，我们家也能变得更加有生气。可我俩都自惭形秽，十分拘谨——我自不必说，可为什么他也总是如此卑微呢？虽说他只有小学学历，但就学识而言，他和那些大学毕业的学士也没什么差别。他兴趣高雅，收集了许多有品位的唱片，在工作之余也会认真阅读外国新兴小说家的作品，都是一些我从未听说过的。而且，他还设计出了那个声名远扬的藤蔓玫瑰图样。

此外，尽管他有时会嘲笑自身的贫穷，但是近来他接了很多工作，时常有一百、二百日元的大额入账，前几天还带我去伊豆[①]泡了温泉。可即使是这样，如今他依旧很在意我带来的那些被褥、柜子和家具都是我母亲买的。这反而让我觉得羞愧，像是做了什么错事似的。那些明明都是些便宜货啊！我内心孤寂到几乎想哭，到了夜晚还会产生一些可怕的念头——出于同情和怜悯的婚姻是个错误，或许，我还是一个人生活比较好吧？我甚至想

---

① 伊豆，位于日本静冈县东部的伊豆半岛及东京都的伊豆诸岛，是日本的旅游胜地。

要出轨，想要和更坚强、更强大的人在一起。啊，我真是个坏女人！结婚之后，我才切身体会到了青春之美，体会到了就这么黯淡地度过青春的懊恼与不甘。这切身的体验仿佛是咬到舌头一般，感觉十分强烈，真想趁现在做些什么事情去弥补！我和他两个人一起安静地吃着晚饭，这种寂寞突然使我无法忍受。我就那么捧着筷子端着碗，几乎就要哭出来了。这都是我的私欲在作祟——我长得这么丑，还奢望谈什么青春？真是可笑！这样只会沦为笑柄而已。对我来说，如今我拥有的生活已经大大超出我应得的福分了——我必须这样想。而当我一不留神任性起来时，也许便会像现在这样，身上长满可怕的红色小疙瘩吧！大概是因为涂了药，它们没有再进一步扩散，或许明天就能痊愈吧？我偷偷地向神明祈祷着。那个晚上，我早早便睡下了。

睡觉时，我躺在那里细细地想，心里总觉得不可思议。无论生什么病，我都不害怕，都能坦然以对。但唯独皮肤病，我是无论如何都无法泰然处之的。无论什么样的辛苦和贫穷，我都可以忍受，可就是千万别让我患上皮肤病。哪怕是缺胳膊断腿，对我来说也比皮肤病好上千万倍。

以前在女子学校上生理课时，老师讲了很多种皮肤病的病菌，我顿时便感到全身发痒，恨不得当场就把那些印着病虫和病菌图片的教材撕个粉碎。并且，老师对这些东西的迟钝和麻木，也令我觉得十分厌恶。不，其实老师那时也是无法平心静气地讲课的，只不过拘于身份，要忠于职责，所以只能努力忍耐，装作若无其事的样子给我们讲课。是的，一定是这样。于是这样一想，我便更加对老师的厚颜无耻感到可悲，都忍不住浑身颤抖了起来。

生理课结束之后，我和朋友一起讨论：在疼痛、被胳肢得发痒，以及瘙痒这三个之中，哪一个是最让人无法忍受的？这个论题一出，我断然主张瘙痒是最为可怕的。难道不是吗？无论疼痛还是被胳肢，在知觉上都是有限度的。当被击打、被刺伤或是被胳肢得发痒时，一旦痛苦达到极限，人便一定会失去意识。失去了意识，就仿佛进入了幻境，会升天，会彻底从痛苦中解脱——不就是死吗，有什么大不了的！但是瘙痒不一样，它就如同潮水一般，潮起潮落，涌上来，又落下去。这种痛苦只会无休止地缓缓蠕动，抑或不间断地蠢蠢欲动，它不会冲破临界点，所以人也便无法失去意识。而因瘙痒而死的人，当然是不存在的。于是瘙痒的人就只能永远忍受着它不温不火的存在，只能永远痛苦地挣扎着。所以无论怎么说，瘙痒才是极致的痛苦。

假如我被抓到过去的白洲[①]法庭上去受拷问，那么无论被打、被砍还是被胳肢得发痒，我都不会招供。在这个过程中，我一定

① 白洲，日本江户时代用来关押受审平民的地方。因院子里铺有白沙，故名“白洲”。后也用来代指法庭。

会失去意识，然后如此反复个两三次，我大概就会死掉吧！我会忍受严刑拷打，拼命隐瞒那些有志之士的下落。但是，如果对方把装满跳蚤、虱子或者疥虫的竹筒拿到我的面前，对我说："再不招，就把这些洒在你的背上！"那我一定会吓得汗毛直立，全身颤抖着，双手合十向对方下跪求饶，不复方才的勇者模样。啊！光是想想都让我难受得想要跳起来了！课间休息时，我这样对朋友说道，她们也深表赞同。

有一次，老师带着全班同学去了上野①科学博物馆。到了博物馆三楼的标本室时，我突然一声尖叫，懊恼地大声哭号起来——标本室的陈列架上摆着一排皮肤寄生虫的标本，一只只足有螃蟹大小。看到它们时，我恨不得一边大骂"混蛋"，一边抄起棍棒将它们砸个稀巴烂。之后的三天我都难以入睡，总感觉全身发痒，食不下咽。

我甚至连菊花都讨厌，那细碎的花瓣密密麻麻地挤挤挨挨着，像极了令我厌恶的东西。就算看到坑洼不平的树干，我也会一下子全身发痒。还有咸鲑鱼子，我真是无法理解那些能够轻松把它们送进嘴里的人。此外，牡蛎壳、南瓜皮、砂石路、虫蛀过的叶片、鸡冠子、芝麻、扎染、章鱼须、茶叶渣、虾、蜂巢、草莓、蚂蚁、莲子、苍蝇、鳞片，这些东西我全都讨厌。我还讨厌

① 上野，日本东京都台东区，以上野站为中心的区域。

日语中标注的假名。那一个个小小的假名，看着就像虱子一样。茱萸果、桑葚，也让我讨厌。有一次我看到一张放大了的月球照片，那也让我感到恶心，差点吐出来。一些刺绣的花纹，也会让我无法忍受。我就是如此厌恶皮肤病，所以自然会格外地关注皮肤状况。到目前为止，我几乎没有长过什么小疙瘩。结婚之后，我每天去澡堂用米糠用力地搓洗身体，一定是用力过头了，现在竟长出了这样的小疙瘩，真是让人太郁闷、太懊恼了。老天爷啊，我到底做错了什么，您要这么对我啊！您对我也太不公平了吧？我越讨厌什么病，就越要让我染上。哪怕给我生点别的什么病也好啊！这简直就是杀人诛心，一下子就拿捏住了我的命门！我就这么被推向了那可怕的深渊，唉，真是让我百思不得其解。

第二天早上，天刚破晓我便起了身，悄悄地坐到梳妆镜前，紧接着不禁发出"啊"的一声惨叫——镜子里面有一只妖怪！啊，那不是我！只见镜子里那个身体如同一个腐烂的番茄，脖子上、胸口上、肚子上，到处都长满了一粒一粒丑陋至极的东西。它们有豆粒般大小，像触角，又像蘑菇，密密麻麻地从身体里喷涌而出，正"嘿嘿嘿嘿"地奸笑着。它们很快就要蔓延到双脚上了。我已经不是人了，我是魔鬼，是恶魔！就让我这样死掉吧！我不能哭，本来就是这样一个怪物的模样了，若是再哭丧着脸，那非但一点都不楚楚可怜，反而会像熟透的柿子"啪"的一声掉在地上摔得稀巴烂的样子，只会更加滑稽可笑，更加惨不忍睹。所以，我不能哭，我必须藏起来。目前他还不知道我变成了这副模样，我也不想让他看到。我本就丑陋，现在皮肤又溃烂成这样，真的已经一无是处了。我就是个废物，就是个垃圾！成了这副样子，就算是一直真诚待我的丈夫，也说不出什么安慰我的话了吧！我不要什么安慰。倘若我顶着这副鬼样子，他还安慰我的话，那我一定会蔑视他的。讨厌，不要！我们就这样分开吧，别来安慰我，别来看我，也别留在我的身边了！

啊！我真想要一个大一点、再大一点的家！然后一辈子都在那个遥远的地方生活。我要是没结婚，那该多好！要是没能活到二十八岁，那该多好！十九岁那年冬天，我得了肺炎，如果那时候没有治病，直接死掉该有多好！但凡在那个时候死掉，我现在也不至于这么痛不欲生，这么狼狈不堪，不至于像现在这样悲惨。我紧闭双眼，一动不动地坐着，只觉呼吸略显急促。我感觉内心像是生出了鬼怪，感觉世界一片寂静。毋庸置疑，昨天的我已经不复存在。我心神不定，像只野兽一样慢吞吞地站起身来，穿上了和服。我越发觉得，和服这东西是多么可贵啊，无论多么丑陋的皮囊，都能严严实实地隐匿于衣服之下。

我强打起精神，向晾衣场走去。我用犀利的眼神恶狠狠地看着太阳，嘴里不禁长叹了一口气。只听广播体操的号令响起，于是我开始一个人孤零零地做起了体操。我跟着节奏，小声地数着“一、二”，想要装出很有精神的样子。可是忽然，我心中涌起了一股莫名的伤感，再也无法继续做体操，只想放声大哭。可能是因为刚才的动作太剧烈，我感觉脖子和腋下的淋巴结都开始隐隐作痛。轻轻一摸，都又硬又肿。当意识到这一点时，我便再也站不住了，崩溃得一屁股坐到了地上。我知道自己很丑，所以从来都是小心翼翼、低调谨慎、百般忍耐着生活。可为什么，生活还是要这样欺负我？我只觉得一股莫名的愤怒从心头喷涌而出。

这时，只听身后传来他温柔的低语："呀，原来你在这里呀？别这么垂头丧气的嘛！怎么样？有没有感觉好一些？"

我本想回答他"稍微好一些了"，可心里到底是别别扭扭的，于是只安静地甩开了他轻轻抚在我肩头的右手，站起来说道："回家。"

我也不知道为什么自己会说出这样的话，我现在已经无法为自己的言行负责了，无论对我自己还是对这个世界，对这个宇宙，我都已经无法再相信了。

"让我看一下吧？"他有些不知所措地说。那略带沙哑的声音听起来像是从很远的地方传来的。

"不要！"我抽身躲过，双手摸着腋下说，"我这里长了些硬块儿。"

我再也绷不住，忍不住放声大哭了起来。我这样一个二十八岁的丑女人，即便是在撒娇，在使性子，哭起来也一定很丑很狼狈。但就算明白这一点，我的眼泪还是止不住地往下流，甚至连口水都流出来了。唉，真是半点可取之处都没有。

“好啦，不要哭了，我带你去看医生。”他说这句话时的声音，包含着我从未听过的强势有力。

那天他放下工作，查了一下报纸上的广告，准备带我去看那家我只听过一两次名字的皮肤科医生。我同意跟他去了，一边换和服一边问道：“必须让医生检查我的身体吗？”

“是啊，”他坦然地笑着回答，“你不要把医生当成一个男人，只把他看作一个‘人’就好啦。”

我羞红了脸，但也觉得有点开心。

走到外面，阳光十分耀眼，我感觉自己仿佛一只丑陋的毛毛虫。好希望在我治好这个病之前，这个世界都能一直处在漆黑的暗夜之中。

“我不要坐电车。”

这是结婚后，我第一次对他说这样任性无理取闹的话。那些小疙瘩已经差不多要蔓延到手背上了，以前我在电车上见过一个女人，她就有这样一双恐怖的手，于是就连去抓电车的吊环，我都会觉得不干净，担心自己被传染。可没想到，我的手竟然也会在有一天变得和她的一样。所谓“时运不济”，我现在真是切切实实地体会到了。

“我明白的。”

他表情明朗，然后带我坐上了汽车。我们从筑地坐到了日本桥那边高岛屋[1]后面的医院，不过只有很短一段车程。但其间，我坐在车上的心情就仿佛是坐在殡仪车上一般，只有眼睛还活着，恍惚地望着窗外初夏里的繁华街巷。那些路上来往的男男女女，没有一个人像我一样长满小疙瘩，真是让我觉得不可思议。

到了医院，我和他一起走进候诊室，而这里又是一幅与世间全然不同的景象。我猛然想起在很久以前，我在筑地小剧场[2]看过一出名叫《底层》[3]的戏剧，这里就好像那时的舞台。外面明明是一片青绿，那样明亮耀眼，这里却不知怎的，尽管也有阳光，可仍旧让人感觉很昏暗，总感觉有一股冷飕飕的潮气，还有一股酸味扑面而来。“盲人”们都低着头挤在那里。虽然他们并不是盲人，却总让人觉得他们哪里有缺陷，而且以老年人居多，这让我很惊讶。我在靠近入口那边的长椅上坐下，死气沉沉地低下头，闭上了眼睛。突然，我意识到在这么多患者中，可能我是皮肤病最严重的那个。我感到心惊肉跳，睁开眼睛抬起头，开始偷偷地观察这些患者。果然，他们没有人像我一样长着这么严重的小疙瘩。

---

① 高岛屋，日本著名的百货店。1831 年建成于京都，在多个城市开有店铺。

② 筑地小剧场，日本第一家专门演出新剧的剧场及剧团。1924 年创立，1945 年于战争中被烧毁。

③《底层》，高尔基于 1902 年创作的四幕戏剧。以小客栈为舞台，描画生活在社会底层的群像。

看了医院门口的招牌，我才知道这家医院不只治疗皮肤病，还治疗一种无法大大方方说出口的讨厌疾病。那边坐着一位好看的男人，看着像是一个电影演员。他似乎哪里都没有长什么小疙瘩，应该不是来看皮肤病的。嗯，那看来，他是来看另外一种病的吧？想到这里，我一下子觉得，这些在候诊室里低头坐着等死的人们，好像都得了那种病。

“你出去散散步吧，这里太闷了。”

“看起来还要等好一会儿呢。”他像是有些百无聊赖，一直站在我的身边。

“嗯，估计到中午才能轮到我。这里太脏了，你不要待在这里。”

我的语气很是严肃，连自己都被惊到了。他好像也准确地领会了我的意思，微微点了点头说道：“你不一起出去吗？”

“不了，你自己去吧，”我微笑着，“我待在这里才是最安心的。”

就这样，我把他支出了候诊室。随后稍微冷静了一些，再次坐到长椅上，闭上了有些酸痛的双眼。在旁人看来，我大概像一个装模作样、拿腔捏调、沉浸在自己愚蠢的冥想世界之中的老女人吧！但对我来说，这样的状态才是最轻松的。装死——脑子里突然出现的这个词，让我自己也觉得很可笑。然而渐渐地，我开始担心了。“谁都有秘密”——仿佛有人像是恶魔一般，在我耳边小声低语着，让我心神不宁，忐忑不安。没准儿这些小疙瘩也……想到这里，我瞬间汗毛直立，觉得毛骨悚然。说来可笑，如今我才真真切切地感受到，自己对他而言，并非第一个女人——他的温柔、他的不自信，或许都来自这个原因吧？这是我第一次切切实实地觉察到这件事，于是我开始坐立难安。我被他骗了！他这是骗婚！我脑海中突然蹦出了这么过分的字眼，很想追出门去打他一顿。我真是个笨蛋！虽然当初嫁给他的时候就知道这件事，但现在才猛然开始对他不是第一次结婚这件事情感到不甘心，感到怨恨，感到难以忍受，甚至感到无可挽回，做什么都无济于事。

他之前有过其他女人，这件事猛然堵住了我的胸口，一种复杂的情绪向我猛烈地袭来，我第一次对他之前的那个女人心生恐惧和憎恨。在此之前，我竟然从未想到过那个女人，一次都没有，我也真是够可以的。我觉得这样的自己真是可怜，简直沮丧得想哭。啊！太痛苦了，这就是人们说的嫉妒吧？如果是，那么嫉妒真的是一种无可救药的狂乱，而且是一种体现在肉体上的狂乱。它一点都不美好，可以说丑陋到了极致。在这世界上，还有这等我所不了解的可怕地狱呢！我不愿意再活下去了，觉得自己真是太惨了。我狼狈地解开膝盖上的包裹，拿出一本小说，胡乱翻开一页就读了起来。

那是一本《包法利夫人》[1]。书中写的爱玛的悲惨经历，总是能让我从中得到安慰。我深深地觉得爱玛的堕落做法，才是最符合女人的、最自然的。就像水往低处流一样，从中能感受到身体困乏时的那种自然感觉。女人就是这样的，会有一些不能说的秘密，因为这是女人与生俱来的“天性”。每个人都会有一个自己的“泥潭”，这一点我是可以断定的。因为对于女人来说，每一天的生活就是她的全部，这一点与男人不同。女人是不会考虑死后的事情的，更不会去思索。女人只期盼每一刻都能保持美好，她们溺爱着生活，溺爱着生活中的各种感触。

女人喜爱美丽的茶碗，喜爱有着美丽花纹的和服，因为只有那些东西才是她们真正的人生意义所在。她们每一刻的行为举止，本身就是活在当下的目的。除此之外，难道还有其他需要吗？如果高深的现实主义能够狠狠压制女人这种无德与悬浮，能够毫不手软地将其揭露出来，那么我们自己也就能管好自己的肉体。如果是这样，该会有多么轻松啊！可是，没有人去触碰深深隐于女人心底的“恶魔”，所有人都装作看不见。正因如此，才引发了很多悲剧。或许，只有这高深的现实主义才是我们真正的

① 《包法利夫人》，法国作家福楼拜于1857年发表的长篇小说。主要内容是乡下医生的妻子爱玛·鲁奥因对没有涵养的丈夫包法利不满，所以与乡下风流的贵族鲁道夫有染，后来她又与昔日旧情人雷恩发生关系，最后服砒霜自杀。

救赎吧。

坦率地讲，女人的心，也许在结婚第二天就可以泰然自若地去想其他的男人了。所以，断断不可小看人心。“男女七岁有别”①，这自古以来的教导突然以可怕的实感，给我的内心带来了巨大冲击。日本的伦理，基本上都实实在在地体现在武力上，这让我震惊得几乎眩晕。原来大家什么都知道。从古时起，这泥潭就已经明明白白地挖好，等在那里了。这样一想，我反而稍稍轻松了一些，也淡定地安下些心来。就算全身都长满了这样丑陋的小疙瘩，但我依然是一个充满魅力的老女人啊！此时，我甚至从容地生出了些自我怜悯和自嘲，又继续读起了小说。

现在的情节讲的是，罗多尔夫正进一步悄悄贴近爱玛，快速地对爱玛小声说着甜言蜜语。读着读着，我却想到了一些其他有趣的事情，一边想一边禁不住抿嘴笑了起来——“如果这个时候，爱玛全身也长满了小疙瘩，那事情会变成什么样子呢？”这个奇怪的想法冒了出来，不，这可是个重大的理念！我突然认真了起来。如果那样的话，爱玛一定会拒绝罗多尔夫的勾引，她的人生也将截然不同。一定会的，她一定会彻底拒绝。因为她只能如此，别无选择。她的身体都已经这样了，这并非喜剧。女人的一生，是由当下的发型、衣服的纹样、困倦的样子，以及其他一些细微

① 出自《礼记·内则》：“七年，男女不同席，不共食。”

的身体状况等偶然因素所决定的。曾经有一个保姆，只是因为太困，就掐死了背上哭闹的孩子，而更不用说这些小疙瘩了。我不知道它们会给女人的命运带来何种反转，也不知道它们会如何扭曲浪漫。

如果在结婚前夜，身上突然冒出了这些小疙瘩，还没等人反应过来，它们就不断地往胸部、四肢扩散，那时该怎么办呢？我认为这是很有可能发生的事。像小疙瘩这种东西，真的不是靠平日里小心提防就能躲过去的，它们根本防不胜防，总觉得它们是天降旨意。我只感到一种来自上天的恶意。

在横滨[①]的码头，一个女子雀跃地等待五年未见的丈夫归来，结果却眼看着在脸上的关键地方冒出了紫色的肿疙瘩。触摸之后，原本满心喜悦的女子竟然已变成了丑陋的阿岩[②]——这种悲剧当然是有可能发生的。男人可能并不在意皮肤上的小疙瘩，但女人需要靠肌肤去活着。如果有女人否定这一点，那她一定是在说谎。对于福楼拜，我了解得并不多，但我感觉他像是一个非常细腻的写实主义作家。当罗多尔夫想去亲吻爱玛的肩膀时，爱玛拒绝道："不要！衣服会皱！"——既然福楼拜的观察和描写

---

① 横滨，日本神奈川县东部的城市。

② 阿岩，日本歌舞伎作者四世鹤屋南北（1755—1829）的歌舞伎代表作《东海道四谷怪谈》中的女主人公，被丈夫喂下毒药后毁容，看到自己的可怕容貌后发疯而死，死后变为厉鬼来向丈夫索命。

细致到了如此地步，为什么就没有写一写女人所受的皮肤病之苦呢？或许是因为，男人根本无法体会这样的痛苦吧！还是说，像福楼拜这样的人早早便看穿了一切，但又觉得这太过恶心，毫无浪漫可言，所以便装作不知情的样子，刻意地回避了这些呢？不过话说回来，若是刻意回避，那也太狡猾了吧？真的是太狡猾了！在结婚前夜，或是在即将见到五年不见的爱人之时，竟然出乎意料地长出了这种丑陋的小疙瘩。如果是我，那我不如干脆死了算了。我会离家出走，然后自甘堕落，最后自杀。女人，就是要靠每个瞬间的美丽所产生的欢愉活着的，无论明天会如何……

候诊室的门被悄悄推开，丈夫像只松鼠一般探出脸，用眼神询问我道："还没轮到你吗？"

我冲他轻佻地招了招手："哎！"听到自己尖锐的声音中带着轻浮，我稍微缩了缩肩膀，用尽可能低的声音继续说，"哎，当女人一门心思认为，无论明天变成什么样都无所谓的时候，是特别有女人味儿的，你不觉得吗？"

"什么意思啊？"看到他有些茫然不知所措，我笑了起来。

"可能我不太会表达，所以你没理解。没事儿。刚才我在这里坐了半天，总觉得我整个人好像都变得有些奇怪了。老待在这种深渊里，真的是容易出毛病呢！我本就意志不坚定，很容易受周围环境的影响。我已经变成了一个低俗的人，我空虚的内心正在不断堕落，我仿佛一个……"

说到这里，我突然住了嘴，因为我下面打算说“我仿佛一个荡妇”。这是一个女人永远都不应该说出口的话。一旦说出口，女人便会被此类思绪所烦扰。当女人失去自尊的时候，肯定就会往这里想。现在，我全身都长了小疙瘩，连内心都已经变成了魔鬼。一直以来，我虽然总是说自己是个丑女人什么的，装出一副对一切都没自信的样子，但在私底下，我对自己的皮肤非常爱惜，一直在认真保养。可以说，这是我唯一值得骄傲的地方。现在我被迫认清了这一点，之前令我引以为傲的谦虚谨慎、隐忍顺从，没想到都是靠不住的伪装。我的内在，其实就是一个仅凭知觉和感觉就牵动喜忧，如同盲人一样生活着的可怜女人。我还意识到，无论我的知觉和感觉有多么敏锐，也仅仅只是动物本能一样的东西，与睿智沾不上一点边儿。我彻彻底底地认清了，自己就是个愚蠢的白痴。

是我错了。

之前，我本来把自己敏锐的知觉视为一种高尚的东西，还误以为这是聪明的表现，甚至暗地里悄悄怜悯自己。结果到头来，我不过是个愚蠢又可怜的坏女人而已。

“我想了好多好多，我觉得我就是个笨蛋。我真的是疯了。”

“别乱想啦，我理解你。”他像真的明白了我的意思一样，用一副了然于心的笑容回答我道，“走吧，到我们啦。”

我们被护士带进诊室，我解开和服的腰带，横下心，展露出了上半身。我瞅了一眼自己的胸部，它们活像两个红石榴。比起眼前坐着的医生，在后面站着的护士更加让我难受。我终究还是没有把医生当成一个普通的“人”来看待，甚至连他的长相都不记得。而医生也没有把我当成一个“人”来对待，我只不过是个患者，被他摆弄来摆弄去地看了半天。

“是过敏。你有没有吃过什么不好的东西？”医生语调平静地问道。

“能治好吗？”丈夫在一旁替我问。

“能治好。”

我一直恍恍惚惚地听着，仿佛和他们没在一个房间。

“她总是一个人在那儿抽抽搭搭地哭，很苦恼的样子，实在叫人于心不忍。”

“很快就能好的，先打一针吧。”医生站起了身。

“就是单纯的过敏吗？”丈夫问。

“是的。”

打完针后，我们走出了医院。

“手上这里已经好啦！”

我几次伸出双手，在阳光下观察着。

“这下高兴了吧？”

被他这么一说，我突然觉得有些难为情。

发妻

一

丈夫像失了魂一般，一声不响地走出了玄关。

当时我们刚吃完晚饭，我正在厨房里忙着收拾碗筷，隐约察觉到他从我身后走过的气息。于是我心中一阵失落，就像失手打碎了盘子一般。我忍不住叹了口气，稍稍踮起脚来，透过格子窗向外望去。只见丈夫正走在两边的篱笆爬满南瓜藤蔓的小路上。他身穿一件褪了色的白浴衣，腰间一圈圈地缠着腰带。伴随着夏日黄昏，他就像一个幽灵一样，飘飘忽忽地走在那条小路上，看上去简直不像是活在这个世界上的人。他的背影透着一股悲伤，看着有些可怜。

“爸爸要去哪儿？”七岁的大女儿雅子正在院子里玩耍，一边用门边的小桶冲洗脚丫子，一边天真烂漫地问道。

比起对我，这孩子更喜欢黏着她爸爸。每晚，她都会和丈夫一起睡在那间六张榻榻米大的房间里，两人并排挨着，共用一个蚊帐。

“爸爸去寺庙了。”

我信口胡诌了一句，话音刚落，又发觉自己好像说了什么很不吉利的话，不由觉得毛骨悚然。

“嗯？爸爸去寺庙了？干什么去了呀？”

“今天不是盂兰盆节[①]嘛，爸爸呀，是去寺庙参拜了。”

我这谎话说得也是出奇的顺溜，一句接一句地往外蹦。其实那天是十三日，是盂兰盆节的第一天。别人家的小女孩出门时，身上穿的都是华丽漂亮的小和服。她们甩动着长长的衣袖，得意扬扬地摆弄着玩来玩去。可我家的孩子们就没有这个福分了，因为在战争中，家里那些精致的和服都被烧毁了。所以即便是盂兰盆节，她们也只能穿着平日里那些朴素的衣服。

“哦，那爸爸很快就会回来吧？”

“应该是吧！雅子要是乖乖听话，爸爸应该会早早地回来哦！”话虽如此，但看这个样子，丈夫今晚必定要在外面过夜了。

于是雅子穿过厨房的门，来到那间三张榻榻米大小的房间，

---

① 日本的盂兰盆节一般在阳历的 8 月 13—16 日前后，起源于印度佛教仪式，日本人在这时会祭奠祖先、祈祷冥福。

孤零零地坐在窗台上向外眺望。我听到她呢喃着："妈妈，我种的豆子开花啦！"

听她这样自言自语，我不由得心里发酸，眼泪浸湿了眼眶。

"我看看我看看！呀，真的呢！不久之后会结很多豆子哟！"

在我家玄关旁，有块十坪[①]大小的耕地。以前我会在那里种上些菜，自从有了三个孩子，地里的活儿根本无暇顾及。以前丈夫偶尔也会来搭把手，可是近些日子，他连个影儿都见不到。邻居家那块地，倒是被她丈夫打理得井井有条，蔬菜也都郁郁葱葱。跟人家一比，我家的地实在是相形见绌，拿不出手——简直是杂草丛生，荒芜一片。之前，雅子在里面种了一粒豆子，时常蹲在那儿浇水。没想到的是，后来那豆子竟然慢慢地发了芽。对于什么玩具都没有的雅子而言，这便是她唯一值得炫耀的财富。去邻居家玩儿的时候，她嘴里也句句离不了"我家豆子，我家豆子"，看上去得意扬扬的。

落魄、恐惧……不，在现在的日本，这样的状态已经不仅限于出现在我们身上了。尤其是居住在东京的人，所有人都毫无生气，透露着落魄与衰败，都像是在十分费力地缓慢移动。我们的东西几乎被尽数烧毁，事事都感到窘困落魄。但是比起那些，如今最难熬的事情莫过于在这压抑痛苦的乱世之中身为人妻吧！

---

① 1 坪等于 3.3057 平方米。

我丈夫在神田一家很有名的杂志社工作了将近十年。八年前，我俩通过相亲结婚。从那时开始，东京的出租房慢慢变少。最终，我们还是在中央线[①]沿线的郊外租下了这样一间建在田地上的孤零零的小房子。之后便一直住在这里，直至战争爆发。

丈夫因体弱多病，得以侥幸逃过征兵，能够平平安安地每天都去杂志社上班。但是随着战事加剧，我们居住的这个郊外小城市因有飞机制造工厂，所以我家附近也屡屡遭受炸弹袭击。终于在某一天晚上，一颗炸弹落在了我们房子后面的竹林里。于是家里的厨房、洗手间、三张榻榻米大的小屋子，全都被炸得乱七八糟，我们一家四口（那时除了雅子，儿子义太郎也出生了）无法继续住在这已经半是废墟的家中。于是最终决定，我带着两个孩子先回老家青森市[②]去暂避，丈夫一个人继续住在这里，照常去杂志社上班。

可我们去青森避难还不到四个月，那里竟然也遭受了空袭，所有东西都被烧毁了。我们千辛万苦拿到青森去的行李也全部毁于战火，悲惨到浑身上下就剩这一身衣服。后来，我们两手空空，惊慌失措地逃到一个幸存的朋友那里避难，就这么过了十来天，

---

① 中央线，是东日本旅客铁道（JR 东日本）旗下的中央本线内，由东京都千代田区东京站开始至东京都八王子市高尾站结束的快速列车。

② 青森市，位于日本本州岛最北端，是日本自然环境优越的地方之一。

简直就像做了个地狱般的噩梦。不久，日本政府宣布无条件投降。而我很挂念东京，挂念那个有我丈夫在的东京。于是我又带着两个孩子，如同乞丐一般好不容易回到了这里。因为我们没有其他能住的房子，就请木匠师傅粗粗修整了一下这间已经半是废墟的屋子。于是一切仿佛又和以前一样，我们又过上了属于我们一家四口的生活。可我们刚要稍稍松一口气，丈夫的工作又有了变动。

杂志社经历了一场波折，董事之间因资金问题发生了各种纠纷。于是杂志社最后解散，丈夫也一下子失业了。但因为他常年在杂志社上班，所以还是有些人脉的。后来，他便与其中几个比较有实力的人一起创办了出版社，也尝试着出版了两三种书。可是这项出版工作，后来也因为纸张的采购等问题导致严重的亏损，丈夫也因此债台高筑。为了做好善后工作，他每天都精神恍惚地出门，直到傍晚才会拖着一身疲惫回家。他本来就是个不爱说话的人，从那时开始，就变得更加沉默寡言了。

后来，出版社的亏损总算填补得差不多了。可从那以后，丈夫好像失去了做任何事情的干劲儿，好像整个人被抽空了一般。但他也并不是一整天都在家待着，而总是若有所思地站在走廊那里，一边抽着烟，一边望着遥远的地平线。看到他这个样子，我就会开始在心里嘀咕："唉，又来了！"只见他深深地叹一口气，好像真的是在因为什么事情走投无路似的，然后把抽了一半的烟扔到院子里，从桌子的抽屉中拿出钱包，放进胸前的口袋。最后，他就会像丢了魂儿一样，无声无息地悄然从门口走出去。这一去，大概整晚都不会再回来。

他曾是个温柔善良的丈夫。若说酒量，他日本酒只能喝半斤左右，啤酒只能喝一瓶。虽然抽烟，但是烟瘾不大，有政府配给的那些就足够了。我嫁给他将近十年，他从未打过我，也没对我恶语相向过。只有一次——那天家里来了他的客人，当时雅子也就三岁大。她爬到了客人那边，打翻了客人的茶。丈夫叫我过来收拾，但因为我在厨房正吭哧吭哧地扇着炭炉子，并没听到他叫我，所以没有给他任何回应。于是，丈夫一脸不爽地把雅子抱来厨房，放在了地板上，然后眼神中透着杀气，一动不动地盯着我，一句话也不说。最后，他“噌”的一下转过身走进了房间。只听“啪”的一声，他使劲儿关上了房间的推拉门，发出了响彻骨髓一般的尖利声音。男人可真是可怕，着实让我感到震惊，感到心有余悸。但有关丈夫对我发脾气的记忆，真的只有那么一次。因为这次战争，我也像很多人一样遭受了种种苦难。可即便如此，一想到丈夫的温柔善良，我还是想说，我曾经是个幸福的人。

（可是，他后来变得好奇怪，到底是从什么时候开始的呢？当时隔四个月，我带着孩子们从青森安全逃离，回到家中和丈夫再度相见时，总觉得他的笑容有些低声下气的。眼神也是，好像总是要避开我的视线，在面对我时总是一副提心吊胆的样子。但我那时也只是感觉，可能是生活的不如意，导致他变得有些胆怯木讷而已吧？虽然现在回忆起来觉得凄凉，可是他变成这副样子，或许原因就在那四个月之中吧！啊，不想了不想了，即便继续想，也只不过是徒然在痛苦的泥潭中越陷越深罢了。）

丈夫今晚终归是不会回来的，但我还是把他的被褥铺好，旁边并排铺着雅子的被褥。我给他俩挂上蚊帐，心里只感到十分悲伤。

二

第二天快到中午的时候，正当我在大门前的水井旁，给今年春天刚出生的小女儿敏子洗尿布时，却见丈夫像个小偷一样，带着一副见不得人的表情，偷偷摸摸地溜了回来。见到我在那里，他忽然一声不吭地低下了头，脚下绊了一个趔趄，踉踉跄跄地走进了门——一个丈夫，在面对妻子时竟然都无法抬起头来，啊，他心里一定很痛苦、很煎熬吧？一股怜悯涌上心头，于是我没心思再洗衣服了，也站起身，跟在他身后进了家门。

“很热吧？快把衣服脱掉吧！今天早上，盂兰盆节的特别配给发下来了，是两瓶啤酒呢！我已经冰镇起来了，要喝一点吗？”

可丈夫还是一副唯唯诺诺的样子，冲我挤出一丝笑容，沙哑地说：“是吗，那真是不错啊……咱俩一人喝一瓶吧？”

啊……丈夫竟然连这种拙劣的客套话都说出来了，根本是一眼就能看穿的啊。

“那，我就陪你喝一杯吧！”

我那已故的父亲当初可是海量，我也遗传了这一点，所以论起酒量，我是在丈夫之上的。我们刚结婚时，常常一起去新宿[①]散步。有时我们会去吃吃关东煮，或者去什么小店坐坐。每当一起喝酒时，丈夫的脸马上就会变得通红，不能再多喝了。而我却完全没问题，只是会感到有些耳鸣而已。

在这间三张榻榻米的小房间里，孩子们吃着饭，丈夫光着膀子，肩上搭着一块湿毛巾。我只陪着他喝了一杯啤酒，之后便因为觉得自己喝有些浪费，不再喝了，伸手抱起小女儿开始给她喂奶。这场景，看着还真是和谐美满的一家人呢！可实际上，房间里的气氛还是有些诡异的尴尬，终究还是感觉别别扭扭的。丈夫总是在回避我的视线，而我也处处小心，生怕哪句话说得不合适会直戳他的痛处，所以我们根本无法尽兴地聊天。雅子和义太郎好像都敏锐地察觉到了父母这种拘谨的气场，于是他们都十分乖巧，自己在那里用馒头蘸着掺有人工甜味剂的红茶吃。

“白天喝酒，就是容易醉啊！”

“可不是嘛，看你，全身都红了呢！”

---

① 新宿，日本东京都内二十三个特别区之一，也是东京乃至整个日本最著名的繁华商业区。

这时，我一下子瞟到有只紫色的“飞蛾”正贴在丈夫的下巴上。不，那不是飞蛾，不是。我回想起刚结婚时，我似乎也制造过这样的紫色“飞蛾”……于是当我看清那只“飞蛾”时，不禁心下一惊。而丈夫好像也已经察觉我注意到了，于是慌忙抓过肩上的湿毛巾，拙劣地遮住了那块紫色的印记——那块被人咬出来的紫色印记。显然，他从一开始就打算以肩上那块湿毛巾来掩盖那只“飞蛾”。将他这副慌张的样子看在眼里，我却硬是装作浑然不觉，硬撑着说：“你看雅子，和爸爸在一起时，好像馒头也更好吃了呢！”

我这句半开玩笑的试探，不知为什么，听起来更像是对丈夫的讽刺，反而更显得我在明知故问了，我已经痛苦到了极点。此时，只听邻居家的收音机里突然响起了法国国歌[①]。丈夫竖起耳朵听了一下，自言自语一般道：“啊，对了，今天是法国大革命的纪念日。”

然后丈夫微微地笑了笑，接着便自顾自地，半是给雅子讲，半是给我讲：“七月十四日，在这一天啊，法国的革命……”

说到一半，忽然没声了。我一看，只见丈夫撇着嘴，眼中闪着泪光，正在强忍着不让自己哭出来。接着，他几乎是呜咽着讲道：

① 《马赛曲》，作者鲁热·德·利尔。

“当时那些民众啊，就攻打了法国的巴士底狱[①]，他们从四面八方揭竿而起。于是从那时起，法国那热火烹油、锦上添花的盛景，便永远、永远、永远地消失了啊……可是要革命，就得摧毁，得破坏。尽管明明知道，新秩序和新道德的重建是永远都不可能实现的，但还是必须去破坏。孙文[②]虽然在去世前说过‘革命尚未成功’，也许革命是永远都无法停止的。但即便如此，革命也要进行下去。革命本质上就是这样的一种过程，它那样悲哀，那样美丽。也许有人会问，革命完了之后呢？嗯……就意味着悲哀，意味着美丽，意味着爱……”

《马赛曲》还在播放着，丈夫说着说着便哭了起来。过了一会儿，似乎是有些难为情一样，他勉强挤出一丝笑容：“哎呀，我好像是个喝醉了就会哭的人哪！”

说完，他背过身去站起来，走到厨房中，边用水洗脸边说道：“真是不行了呢，真的喝醉了，我竟然被法国革命给弄哭了。我去屋里睡一会儿。”

---

① 原名“巴士底要塞”，“巴士底”在法文中意为“城堡”，是一座非常坚固的要塞。到 18 世纪末期，它成为控制巴黎的制高点和关押政治犯的监狱。

② 孙中山（1866—1925），名文，字载之，号日新，又号逸仙，又名帝象，化名中山樵，伟大的民族英雄，爱国主义者，中国民主革命的伟大先驱，“中华民国”和中国国民党的缔造者，三民主义的倡导者，创立了《五权宪法》。

他走进那间六张榻榻米的房间，然后一切都变得寂静无声。但我能肯定，他一定是在暗自啜泣。

当然，他并不是因为什么法国革命才哭的。嗯，又或者说，可能发生在法国的那场大革命，与产生于家庭之外的恋情是极为相似的。为了某种悲哀且美丽的东西，一个摧毁了法国这个浪漫的国度，一个破坏了和睦美满的家庭。我很了解这些痛苦，也很明白丈夫的纠结。我也是深爱着自己的丈夫的，虽然，我并不是《情死天网岛》[1]中那个阿三。

郎君可以为，

妾心栖恶鬼？

啊呀呀，抑或是，

---

①《情死天网岛》，日本剧作家近松门左卫门（1653—1724）创作的净琉璃剧，后改编为歌舞伎剧。内容取材于当年发生在大阪的纸店老板治兵卫与妓女小春的殉情事件。二人相爱三年，感情甚深，但治兵卫已与表妹阿三结婚，并生有两个孩子。治兵卫与小春迫于世俗道德不能结合，只能传书互诉衷肠，约定以死殉情。阿三知道后写信请求小春不要让治兵卫死，小春答应了阿三的请求，跟治兵卫决裂。之后小春被恶棍太兵卫逼得走投无路，善良的阿三毅然拿出自己的嫁妆和衣服，让治兵卫拿去典当了救小春的性命。阿三的父亲不堪女儿遭受的耻辱，逼着治兵卫写休书休了阿三，并将阿三带回家。最后，妻离子散的治兵卫与小春双双殉情。

毒蛇绕心房？[1]

阿三这样的悲叹，好像与革命思想、破坏思想都无甚关联。一个妻子，被一个人孤独地扔在那里，永远在同一个地方，以同样的姿态，不断凄凉地悲伤叹息。这究竟该怎么办呢？难道就只有听天由命，在心里祈求丈夫回心转意吗？难道就只能痛苦地忍耐这一切、接受这一切吗？唉，可是我已经有三个孩子了，为了他们，如今我也不能和丈夫分开。

两个晚上没着家后，丈夫终究还是回家住了一晚。吃完晚饭，丈夫和孩子们在走廊里玩儿。即便面对孩子们，他也是一副低声下气的样子，嘴里说着一些哄他们开心的话。他笨拙地抱着今年刚出生的小女儿，夸道："胖嘟嘟的呢，真是个小美人儿！"

我不禁顺口说道："可爱吧？看着孩子，是不是自己也想多活几年呢？"

听我这么一说，丈夫突然间露出一副微妙的表情。

"唔。"他似乎很痛苦地回答道。而我也抽了一口凉气，背上冒出一阵冷汗。

丈夫在家过夜时，总是差不多在八点就把他和雅子的被褥在

① 出自《情死天网岛》。阿三见到丈夫为了小春而独自躲在被炉中痛哭流涕的样子，就以此歌指责丈夫不懂自己的真心。

那间六张榻榻米的房间里铺好，挂上蚊帐，然后强行给雅子换上睡衣，让她睡觉，也不理会她还想和自己多玩儿一会儿。然后他自己也就躺下准备休息，并会把灯关掉。

仅此而已，再没别的了。

我在隔壁那间三张榻榻米的房间里安置好儿子和小女儿，然后做针线活儿做到十一点左右，这才挂上蚊帐，睡在他俩中间。我们的睡姿不是“川”字形，而是相拥睡成了一个“小”字。

但我完全睡不着，隔壁的丈夫好像也没睡着。听到他的叹息声，我也不自觉地叹起了气，然后想起了阿三那首叹息之歌：

郎君可以为，
妾心栖恶鬼？
啊呀呀，抑或是，
毒蛇绕心房？

丈夫起身走到我的房间，于是我浑身都僵硬了起来。

只听他问我：“那个……有没有安眠药？”

“有是有，但我昨天晚上吃过，一点用都没有。”

“吃太多反而不管用，六颗左右应该就刚好了。”听着他的语气，像是有些不太高兴。

三

一天接着一天，每天都是酷暑。因为炎热，再加上担心，我只觉得食物到了喉咙那里就再也咽不下去了。于是我的脸颊日渐消瘦，给孩子喂的奶水都慢慢出得少了。丈夫也是好像什么都吃不下的样子，眼窝塌陷，眼睛忽闪忽闪的，有些吓人。有时候，他会好像自嘲一般冷笑着说道：“干脆疯了算了，反而会觉得轻松。”

“我也这么觉得。”

“心里坦荡的人，应该不会有痛苦。其实有件事让我感觉很惊讶：为什么你们会这么认真、这么正经呢？我觉得在这个世界上，有的人天生就能好好生活，可有些人就是无法好好生活。这是从一开始就已经清清楚楚划分好了的，难道不是吗？”

“不，我这样的人可能是有些迟钝。但是……”

“但是什么？”

丈夫好像真的疯了，开始用奇怪的眼神盯着我。于是我什么都没敢说，话到嘴边又咽了回去。啊！怎么能说呢！这种事可不能摊在桌面上说，太可怕了，我什么都不能说。

“但是呢，看到你这么痛苦，我也感到很痛苦。”

“呵呵，还以为你要说什么了不得的事。”丈夫似乎放下了心，微笑着说道。

那时，我仿佛突然感受到了一种久违的、清清爽爽的幸福感。（嗯，只要能让丈夫心中安定，我的心情便也会放松下来。道德什么的都无所谓，只要能感到轻松自在、心情舒畅，那就够了。）

那天夜里晚些时候，我钻到了丈夫的蚊帐里。

“没事，没事的，我什么也没往心里去。”

我躺在丈夫身边，只听他用嘶哑的声音半开玩笑似的说道：“Excuse me？”[①]说完，他起身盘腿坐了起来。

“Don’t mind！ Don’t mind！”

那晚的月亮很清亮，是夏日的满月。如水的月光穿过防雨窗的破损处后，就变成了一缕缕细细的银线，直直地照进蚊帐，照在丈夫消瘦的胸膛上。

“话说回来，你最近真是瘦了不少呢！”我也开玩笑地说，起身坐了起来。

“你也是啊，也瘦得厉害。你就是因为操心太多无关紧要的事，所以才会这样的。”

“没有，我不是说过了吗，我什么也没往心里去。哎呀，我可是很聪明的哦！只不过你呀，偶尔也要好好待我嘛！”

---

① 此处表示惊讶。后文的“Don’t mind!”意为“别再提了、别在意了”。

说完我就笑了起来，丈夫也笑了，沐浴着月光，露出了白色的牙齿。

我家乡的祖父母在我很小的时候就去世了。他们夫妻二人经常吵架，每当那时祖母都会对祖父说："你要好好待我嘛！"这句话，我在小时候就觉得很有意思，结婚之后还曾跟丈夫学过，于是两个人便会笑成一团。

现在我又说起了这句话，丈夫也笑了，可是转脸又严肃地说："我一直都是想好好待你的，我不想让你受到风吹日晒，一直都是想好好待你、好好保护你的。你的确是个好妻子，但是请不要理会那些无所谓的事情，只管好好带着你的尊严，安心过日子吧！我心里从来都是满满的只有你，对于这一点，你要有十二万分的自信，真的！"

他极其郑重其事地说了这番扫兴的话，倒让我觉得十分难为情。

"可是，亲爱的，你变了。"我低下头小声说道。

（对我来说，我宁可你心里没有我，宁可被你讨厌，被你厌恶，那样我心里反而痛快一些，放松一些。可你一面在心里牵挂着我，一面又在怀里抱着其他女人，你这样做，就等于把我推进地狱。

你们男人，是不是把"时刻牵挂着妻子"这件事情当成了道德的标杆？是不是以为，即使遇见了其他喜欢的人，也不能忘记自己的妻子，这样才是正确的，是有良心的？是不是以为，男人就应当如此，必须如此？若是不那样做，好像就会被别人视为言而无信的人？所以，当你们爱上别人时，便会在妻子面前唉声叹气，开始表现出一些道德上的烦躁。于是，妻子也会被丈夫的忧郁传染，开始郁郁寡欢。如果你们做丈夫的，能对这件事更加不在乎一些，更加若无其事、平和快活一些，那我们做妻子的也就用不着经历这种地狱般的折磨了。如果你们爱上了别人，就请把妻子彻底忘掉，忘得干干净净，然后只管一心一意地去爱其他人便好了。）

丈夫用有气无力的声音笑道："变了吗？也没有吧！只是这段时间真的很热，一热就容易烦闷，让人受不了。夏天是真的很……Excuse me。"

看他避重就轻的样子，我也无奈地笑了笑，说了声："真烦人！"手上作势要打，然后从他的蚊帐里出来，回到了自己的房间，回到了两个孩子的中间，继续睡去。

不过，即便只是这种程度，只要我能对丈夫撒撒娇，能和他有说有笑，我也感到很开心，心里的疙瘩也能多少消解一些。那天夜里我没有再胡思乱想，很难得地一觉迷糊到了天亮。

于是我改变了想法：今后，我对所有事情都将采取这样的做法。我要轻松地对丈夫撒撒娇，跟他开开玩笑。我不在乎他欺骗我还是什么，不在乎他的态度是否正确，也不在乎什么道德。哪怕只是一小点，哪怕只是一小会儿，哪怕只是一两个小时，我都要轻松愉快地度过。只要开心，便足够了。于是自那之后，我时常会跟丈夫嬉笑一番，家里也常常会响起爽朗的笑声。可是没过几天，在某个早晨，丈夫突然说他想去泡泡温泉。

“我的头疼得厉害，估计是天气太热了。信州[①]有家温泉挺好的，我在那里还有熟人，他说随时欢迎我去，还说不用操心什么口粮，什么都不用带。所以我想去休养个两三周。要是一直这样的话，我肯定会疯掉的。总之，我现在很想逃离东京。”

我忽然觉得，难不成丈夫是想从另一个女人身边逃离，所以才想去旅行的？

我一边笑着（唉，悲伤的人总是会笑着）一边说：“那你不在的时候，万一有持枪抢劫的强盗来了怎么办？”

“那你就直接告诉他，说你丈夫是个疯子。就算是持枪的强盗，也会害怕疯子吧！”

我没有反对他去旅行的理由，于是打开壁橱，想把他那套出门时穿的亚麻布夏装找出来。可我找来找去，就是哪里都找不到。

我心中一凉：“怎么哪儿都没有呢？咱家不会是进贼了吧？”

“哦，我把它卖了。”丈夫挤出一个看着像哭的笑容，说道。

我大吃一惊，但仍努力装作很淡定：“是吗？还挺麻利！”

---

① 信州，信浓国的别名，现日本长野县一带。

“这就是比持枪强盗更加厉害的地方了！”

我想，一定是因为那个女人私下里需要用钱吧！

“那你穿什么去呢？”

“一件翻领衬衣就行了。”

早上刚说要去，中午就要动身，看来丈夫是想尽快离开家，一刻都不愿耽误。但在东京连日的酷暑中，那天竟突然罕见地下起了倾盆大雨。丈夫背着背包，穿着鞋子，坐在玄关的地板上，皱着眉头，焦躁不安地等待雨停。忽然他嘟囔了一句：“这棵紫薇花是隔年开一次花吗？”

门前的紫薇今年没有开花。

“好像是吧。”我心不在焉地随口附和道。

这就是我与丈夫之间，最后一次亲密的对话了。

雨停了，丈夫像逃跑似的，匆匆忙忙出了家门。三天后，报纸上简短地刊登了一则诹访湖[①]殉情的报道。

后来，我收到了丈夫从诹访的旅店寄给我的信，上面写着：

我和这个女人一起去死，并非因为什么爱情。我是一名新闻记者，新闻记者总是鼓舞人们去革命，去搞破坏，而自己却会抽身溜之大吉，然后揩着汗暗自庆幸。真是一种奇怪的生物，是现

① 诹访湖，位于日本长野县中央，是长野县最大的湖泊。

代的恶魔。我再也不堪忍受这种自我厌恶了，我决心亲自登上革命家的十字架。新闻记者的丑闻——这难道不是一件史无前例的事情吗？如果我的死，能让现代的恶魔们感到哪怕是一丁点儿的羞愧，能有哪怕一丁点儿的反省，我也将很高兴。

那封信里写的就是这些无聊透顶的蠢话。男人啊！是否到死都要这么装模作样，都要这么煞有介事、一本正经地拘泥于所谓的意义？一定要这样矫揉造作、满口谎言吗？

听丈夫的朋友们说，那个和丈夫一起死的女人，是他以前上班的那家神田杂志社的女记者，今年二十八岁。在我带着孩子们去青森避难时，她好像还来我家里住过，听说还怀孕了。呵，不过就是这点庸俗无聊的事，却嚷嚷着什么要革命，以至于去寻死！我愈加深切地觉得，丈夫真是个俗不可耐的人，真是个窝囊废！

革命的目的，是让人民过得更好。对于那些只是表情显得一脸悲壮的革命家，我从来都不相信。为什么丈夫就不能正大光明地、坦坦荡荡地、开开心心地去爱那个女人呢？如果这样，那么就连我这个做妻子的也会感到快活吧？这种如同地狱般的恋情，当事人固然会非常痛苦，最要命的，是还给其他人带来了困扰啊！

我领着三个孩子，乘上前往诹访的火车去给丈夫料理后事。我想：若一个人能做到坦荡、快速地转变自己的心意，那才是真正的革命。若能做到这一点，便再也没有什么事情是难以解决的了。一个男人，连改变自己对妻子的心意都做不到，那这“革命”的十字架也太骇人了。此时，比起我心中那些悲伤与愤怒，丈夫那令人目瞪口呆的愚蠢和荒谬，更加让我感到痛苦。

好 客 的 夫 人

我家的夫人，本就好照顾人，又善于款待人。嗯……不过就夫人的立场来说，与其说她好客，不如说……我总觉得她对客人，甚至一直是战战兢兢的。每每玄关门铃响起，就是由我先去应门。待我去夫人房间通报来者时，她便早已如惊弓之鸟一般，满脸都是紧张的神色。然后，她便会梳理碎发，整理领襟，挺直腰背，不等我的话说完，便会起身沿着走廊一路小跑去迎接。到了玄关，又会马上用一种不知是哭还是笑的、如同哨子一般奇妙的声音来欢迎客人。旋即，就会像得了什么狂病一般，眼神一变，在客厅与厨房之间来回奔走，动静不断。不是打翻个煮锅，就是摔碎个盘碟，然后对着我这个侍女不断道歉。待客人走后，她便一个人呆呆地瘫坐在客厅，也不收拾房间，有时眼中还会噙满泪水。

我家老爷是东京大学的老师，据说本家很有钱，夫人的娘家也是福岛县的富农。许是因二人没有孩子吧，这夫妻俩简直像不知人间疾苦的小孩子一样，一直过着无忧无虑的日子。我是四年前开始到这里帮工的，那时战事正酣。身体孱弱的老爷应召入伍，本来隶属于第二国民兵[①]，但是半年之后，他仍突然被召走，还非常不幸地被直接派去了南洋的一个岛上。尽管不久之后战争便结束了，可我家老爷始终下落不明，音讯全无。后来，我家夫人收到了一张部队长官寄来的简短的信笺，大意是“或需放弃等待”，劝慰夫人尽早死心。而此后，夫人的待客之道也愈加狂热，看起来叫人好生同情。

在那位笹岛医生出现在这个家里之前，夫人的交际范围仅限于老爷的亲戚以及她娘家的亲戚。即使老爷被派去了南洋的岛屿，但在夫人的生活上，她的娘家也予以了充分资助，因此夫人的日子过得颇为悠闲、平静，可以说很有品位。然而，自从遇到笹岛医生那群家伙之后，夫人的生活就乱了套。

这里虽然地处东京郊区，但是由于距离市区较近，又在战火中幸免于难，那些在市里无家可归的难民便像洪水般涌到了这里。即便穿行在商业街上，也能感到现在往来的行人已经与此前大不

---

① 日本旧兵役法规定兵役种类分为常备兵役、后备兵役、补充兵役和国民兵役。其中国民兵役又分为第一国民兵役和第二国民兵役。

相同了。

大概在去年年底，夫人在市场里遇到了那个十几年未见的笹岛医生，他是老爷过去的朋友。夫人请他到家里小坐，那便成了噩梦的开始。

听说笹岛医生同我家老爷一样，年龄都在四十岁上下，好像也是东京大学的老师。不过，我家老爷是学文的，笹岛先生是学医的。除了他俩初中时是一个年级的同学之外，我家老爷在盖这栋房子之前，曾和夫人在驹込[①]的公寓短住过一段时间。那时，尚是单身的笹岛先生也住在同一幢公寓，因此两家有过短期的密切往来。而自老爷搬到这里以来，大概也是由于二人研究领域有所差异，双方就再无往来了。他们此前的交情不过如此，可十几年后，当笹岛先生在市场看到夫人时，便出声叫住了她。

被人搭话，夫人本来只需简单寒暄几句，互相道别即可。可糟糕的是，她偏偏犯了天生的好客癖。明明无意留客，却因为对客人唯唯诺诺，反而头脑发热一样表现出一副要留客的样子，跟那个笹岛说什么“我家就在旁边，要不要来坐坐？欢迎欢迎”，结果，那笹岛医生就穿着和服，拎着购物筐，以这样一副古怪的行头来到家里做客了。“呀，真是个不错的房子呀！能避开战祸，真是走运啊！现在只有你一个人住吧？这可真是太奢侈了。不过，

① 驹込，日本东京都丰岛区地名。

像这样全是女眷又干净整洁的家，本身就很难提什么来租住的事啊！嗯，就算是让人来租住，人家也会觉得不自在吧？不过也没想到，您竟然住得这么近。虽然听说您家在M镇，不过人要是蠢起来也是没办法，我流落于此，明明都已经快一年了，却完全没注意过这个门牌。我常常从这里路过呢！这里是我去市场的必经之路。哎呀，这场战争可是把我害惨啦！我刚结婚没多久就应召入伍，好容易捡回一条命，结果回来一看，我家已经被烧光啦！我不在家时，老婆带着刚出生的儿子到千叶老家那边避难了。就算我现在想把他们接回东京，一家人也没地方可住。这不，我迫不得已，一个人跟那边的杂货店借了一间不到五平方米的小房间，天天自己烧饭。今晚本想着做个鸡肉锅，自己大喝一顿，所以就提着篮子去市场转了一圈儿。嗨，事已至此，我也就破罐破摔了，管他是死是活呢！”

他毫不客气地盘腿坐在客厅里，没完没了地讲着他自己的事。

“啊呀，深表同情。”我家夫人说着。很快，之前我提到的她那种好客癖又开始作祟了。只见她神色一变，一路小跑到厨房，对我抱歉道：“小梅，不好意思啊，又得辛苦你了。”她吩咐我准备鸡肉锅和酒，随后自己又转身奔回了客厅。然而旋即，她又再次来到厨房，照例嘱咐我生火、拿出茶具等。她那副既兴奋又紧张、又慌张的卑微模样，已经不再令我感到怜惜，而是厌恶了。

那笹岛医生也是个厚脸皮，只听他大声说道：“哎呀，是在做鸡肉火锅吗？夫人，我吃鸡肉火锅，一定要放魔芋丝的，要是能顺便来点烤豆腐就更好了，光放葱总觉得少点什么啊！”夫人连对方的话都没听完，就忙不迭地跑了过来，那架势简直就像是踉踉跄跄跌进厨房来的。她脸上露出一副既尴尬又懊恼的神色，就像小孩子脸上那种表情。她拜托我道：“小梅，辛苦你了！”

可笹岛医生一会儿又说用小酒盅喝酒太麻烦，便干脆拿起玻璃杯，大口大口地喝了起来，最后喝得醉醺醺的。

“哦，对了，你先生也是下落不明啊？嗯，这恐怕是凶多吉少了。不过这也没办法，不幸的可不是只有你一个。”

他对夫人简单敷衍了几句，随后便又开始说起自己那些事了：

“我啊……居无定所，又与爱妻分隔两地。所有的家当还都被烧得精光，衣服、被子、蚊帐，唉，什么都没给我剩下。在我借住到那个杂货店的三楼之前，可是一直睡在大学医院走廊上的。唉，医生竟然比病人过得还惨，我都想去当病人了呢！哎，真没意思，日子太惨了。你这已经算是很好的啦！”

“是是，确实，”夫人赶紧附和道，“我也觉得，和大家相比，我已经很幸福了。”

“正是！所以下次我打算把朋友也带来，他们也都是些不幸的家伙，就麻烦你多照顾啦！”听了这话，夫人好像很开心似的笑了起来：“啊，那可真是……”她顿了几秒，接着说道，“荣幸之至。”

于是从这天起，我家便遭了殃。

本以为都是些喝酒的玩笑话，算不得数。结果四五天后，那笹岛医生竟果真厚颜无耻地带了三位朋友来，说什么“今天医院有忘年会，我们今晚就在这儿续摊儿了。夫人，今天就让我们喝他个通宵，不醉不归吧！嗨，这会儿要想找个合适的地方接着喝，真是太难了！来来，各位，别拘束，快进来，快进来！客厅在这边，外套就穿着吧，天气冷，就别脱了”——这副架势，简直就像是回了自己家一样。他带来的那些朋友中有一位是女性，好像是名护士。这两人当着大家的面便眉来眼去地互相调戏，然后就像使唤下人一样，对着在一旁赔着笑脸、惴惴不安的夫人说：

“夫人，麻烦你把被炉里弄暖和些，然后像上回一样，给我们弄点酒来。要是没有日本酒，那就烧酒、威士忌，什么都可以。吃的嘛……哎呀，瞧我这记性，今天我们可是带着好东西来串门儿的！快来尝尝这烤鳗鱼！这大冷天儿的，吃这个最好啦！你们快给夫人一串，然后咱们一会儿也吃一串。还有……喂，谁带了苹果来的？别舍不得，快点拿给夫人！这苹果叫‘印度’，好吃着呢！这香气，简直绝了！”

我端着茶去客厅时，不知从谁的口袋里滚出了一个小苹果，骨碌碌地在我脚边停住了，我真想一脚把它踢飞！就这么一个小苹果，还好意思吹嘘什么带了串门儿的礼物！这也就罢了，可后来我又看到了他们所谓的烤鳗鱼，只有薄薄的一片，都有些干了，简直就是鳗鱼干！根本不是什么拿得出手的东西，一点都上不得台面。

那晚，他们那群人一直闹到凌晨，夫人也被他们灌了酒。天色蒙蒙亮时，他们围着被炉，男男女女都混睡在了一起。夫人也被他们夹在中间，肯定一刻都没睡成。那些人一直睡到第二天中午，醒来后吃了些茶泡饭。也不知是不是因为酒劲儿过去了，他们多少都有点没精神。再加上我脸上一直气鼓鼓的，所以他们都避开了我的视线，一副无精打采的死鱼样，接连告辞了。

“夫人，为什么要和他们混睡在一起呢！太不成体统了，我很讨厌这种事！”

“不好意思啊小梅，我实在说不出拒绝的话啊！”听到她这样说，再看到她那张睡眠不足、疲惫不堪的苍白脸庞，那双含着泪水的眼睛，我便也无法再说什么了。

可是不久后，这群贪婪的狼频频来袭，攻势愈加凶猛。这个家简直成了笹岛他们的宿舍，即便笹岛不来，他的朋友也会来借住。每每他们一来，就会让夫人陪他们混在一起睡。可是别人睡得都挺香，只有夫人整夜无法入眠。她身子骨本来就没有多结实，最后，她终于疲惫不堪，在没有客人到访的时候，只能整天躺着休息。

“夫人，您憔悴了很多呀！不要再像这样招待他们了！”

“抱歉啊小梅，我不能这样做。大家都很不幸啊，不是吗？

来这里，没准儿就是他们唯一的乐趣了。”

太愚蠢了！愚蠢之至！况且，现在夫人的财产状况也已经十分不容乐观了，再这么下去，怕是过不了半年就得卖房子了。可她丝毫不让客人知道自身的窘境，而且明明身体不好，但每次只要客人一到，她都会立刻站起身来，迅速整理仪容，一路小跑到玄关，然后用一种似哭非哭、似笑非笑的声音迎接他们的到来。

后来，在早春的一个晚上。那天家里又来了几个喝醉的客人，我劝夫人，说他们估计又会通宵，不如咱们趁现在抓紧吃点东西。于是我俩就站在厨房，吃了点代餐馒头。虽然，无论多么昂贵的东西，夫人都会拿来招待客人，但到她自己用餐时，就总是吃点馒头就对付过去了。

此时，从客厅传来了一阵醉汉们低俗的哄笑声。接着，他们便开始用医学术语说起那些极其不堪入耳、极其肮脏下流的事：“哎，可不是这么回事哦！我可看到你俩的关系就是有点怪呢！我看哪，你连这个夫人都……”

接着好像是年轻的今井医生回答道：“你说什么呢！我可不是因为心生爱慕才到这儿玩儿的，这儿不过就是个旅店罢了！”

我怒火中烧，猛地抬起了头。

只见夫人在昏暗的灯光下，默默低着头吃着馒头。此时，连她的眼中也闪着点点泪光。我心疼得紧，一时语塞。

可夫人低着头平静地说：“小梅，不好意思，明早还是得请你烧好洗澡水，今井医生早上喜欢泡个澡。”

只是在那一瞬间，夫人脸上流露出些许懊恼之意，转眼间却又像什么都没有发生过一样，热情地招待着那些客人，不断地来回奔走于客厅与厨房之间。

她的身体日渐孱弱，这我十分清楚。但许是夫人招待客人时，总是一副不知疲惫的样子，所以尽管访客似乎也都是颇有名气的医生，却愣是没有人发现她身体有恙。

春日一个安静的早上。

那天，家里恰巧没有来借住的客人，我正在井边悠闲地洗着衣服，却见夫人赤着脚，摇摇晃晃地走到了院子里。随后，她蹲在那个开着黄榆梅的篱笆旁，咳了不少血！我惊呼一声，赶紧从井边跑了过去，从背后抱起她，把她扛到屋里，让她安静休息。而后我哭着对她说：“就是因为这样，我才非常讨厌那群客人的！如今您已经这样了，既然他们本身也是医生，要是不能把您治好，我是不会饶了他们的！”

“不行，这事要是对客人们说了，他们会感到自己有责任，会感到沮丧的。”

“那您的身体都这么差了，今后打算怎么办？还要起来接待他们吗？要是跟他们一起混睡时咳了血，岂不是要沦为笑柄？”

夫人闭着眼想了一会儿：“我回趟娘家。小梅你留下来，照顾客人们住宿，毕竟那些人也没个安身之所。还有，不要告诉他们我生病了。”

夫人说着，温和地笑了。

趁着没有客人上门，我开始给夫人收拾行李。后来又考虑到，还是我陪着夫人，把她送回福岛的老家比较好，于是买了两张票。又过了两天，夫人的精神也好了不少，又幸好没有访客。于是我像逃命似的催着夫人，关上防雨窗，锁上家门。可刚走出院子大门，糟了！

只见那笹岛医生，大白天就醉醺醺地被两个年轻女孩搀了过来，估计那两个女孩都是护士。

“哎呀，你们这是要出门？”

“没有，没事的。小梅，麻烦你打开客厅的防雨窗。快请进吧！不要客气。”

夫人又发出了那种似哭非哭、似笑非笑的奇怪声音，向年轻的女孩们打着招呼，然后便像只团团转的老鼠一般，继续忙活着招待他们，并要我外出去采买。她匆匆忙忙的，没有把钱包给我，而是直接将旅途用的手包塞给了我。我在市场里准备掏钱时却惊讶地发现：夫人的车票已经被撕成了两半！一定是方才，我们在门口遇到笹岛医生时她悄悄撕毁的！想到这儿，我对夫人这毫无底线的善良感到极为茫然，十分不知所措。同时，我生平第一次感受到了人类不同于动物的高贵。于是，我也从腰带间取出自己的车票，静静地将它撕成两半。然后继续在市场上搜寻，打算再买些更好吃的食物回去招待客人。

叶樱与魔哨

每到这种樱花散落、绿肥红瘦的叶樱[①]时节，我便会想起那时的事情——那个老夫人这样讲述道：

三十五年前，那时父亲还在世，我们一家人——说是一家，但母亲在那七年前，就是我十三岁那年就已经离世，家里只剩下父亲、我，还有妹妹三个人。后来在我十八岁、妹妹十六岁时，

① 叶樱，指樱花快要落完，樱花树上绿叶葱茏、绿肥红瘦的样子。

父亲到岛根县[①]一个沿海的城下町[②]里担任一所中学的校长，那个小城有两万多人。因为没寻到合适的租房，我们便在城郊靠近山的地方，在一座离群索居的寺庙里租了一间独立的客厅和两间卧室，在那里一直住了五年。直到第六年父亲转职到松江中学，我们才从那里搬走。

我是到了松江以后才成的家，那是在我二十四岁那年的秋天。这在当时已经算是相当的晚婚了。由于母亲很早离世，父亲又是个顽固的学究，对这俗世的生活完全应付不来，如果我再嫁人离开家，那么家里一应需要操持的事务一定会全部停摆。正是因为我明白这一缘由，所以尽管当时有很多人来提亲，我也执意不想扔下家里远嫁外地。而且要嫁人，至少也要等妹妹身体健康起来再说，那样我才可以稍微放心。妹妹并不像我，她生得十分美丽，秀发柔长，是个很懂事、很可爱的孩子，却体弱多病。在我们随父亲到城下町赴任的第二年春天，妹妹就去世了，那时她只有十八岁。现在我要讲的故事，就发生在那个时候。

妹妹的身体从很早之前起便已经不行了。她患有肾结核这种恶性疾病，被确诊的时候，她两边的肾脏都已被侵蚀殆尽。医生

---

① 岛根县，日本本州岛的西部，临日本海的一个县，多山地。县厅所在地为松江市，位于岛根县东北部。

② 城下町，日本武士执政时代，以领主所居之城为中心而发展起来的市镇。

似乎已经束手无策，所以明确地告诉父亲，妹妹只剩不到一百天了。

一个月过去了，又一个月过去了，眼看百天之限即将来临，我们却也只能沉默地面对一切。妹妹什么都不知道，反而显得特别有精神。虽然整天躺在床上，可每天还是会很开朗地唱歌、谈笑、冲我撒娇。这样可爱的妹妹，再过三四十天就要死去了——这是很清楚的事实，是无法逃避的事实。一想到这里，我心中便会被痛苦堵得满满的，浑身上下像是被针刺一般，让我几乎要发狂。三月过去了，四月过去了，五月来临了。就是在五月中旬的那一天，那天发生的事情，我永远都无法忘记。

那时，原野上、山丘上，到处都是一片新绿，天气十分暖和，简直想让人脱光衣服撒欢。这耀眼的新绿使我的眼睛一阵刺痛，我独自走在原野小路上，一只手插在和服的腰带间，脑中思虑不停，心中满是悲戚。我就这么思虑啊，思虑啊，思虑的净是些痛苦的事情，几乎要让我喘不过气来。我压抑着心中的痛苦，不停地向前走着。这时，只听得从哪里不断传来某种声响：

“咚——咚——”

这仿佛是从极乐净土那边传来的一般，是一种从春天的大地底部发出的声响。那声音微弱朦胧，但波及的范围甚是广阔，简直像是在地狱底部击打巨大的、比巨大更巨大的太鼓一般。那声音不断传来，实在可怕，令人十分恐惧。我不知道这可怕的声音是什么，还以为自己发疯了。我就那么僵在原地，好似凝固了一般。突然，我“哇”地大声哭了起来，再也站不住了，“砰”的一下便跌坐在草地上。

后来我才知道，那可怕的声音是日本海大战中，军舰打出的大炮声。那时在东乡提督的指挥下，为一举消灭俄国波罗的海舰队，海上激战正酣，我听到的就是那时的声音。今年的海军纪念日好像也快到了。那时，就算城下町位于海边，但那声响十分骇人，所以那些城里的人们听了，大概也会胆战心惊吧？他们害不害怕我不知道，总之我单单因为妹妹的事情就已经心力交瘁了。我已经要发疯了，而那声音在我听来，更像是来自地狱的不祥的太鼓声。我瘫在草地上半掩着脸哭泣了很久，直到太阳西沉，日暮来临，我才终于站了起来，如同一具行尸走肉般，木然地走回我们租住的寺院。

“姐姐……”妹妹唤着我。她那时已经很消瘦很虚弱了，身上没有一点力气。她也隐约感觉到自己恐怕已经时日无多，所以便不再像从前那样对我撒娇耍赖了。可她这样，反倒让我更加揪心。

“姐姐，这封信什么时候来的？”

我心中猛然一震，自己都能清楚地感觉到，我已是面无血色了。

“什么时候来的？”妹妹似是随口一问。

我回过神说："就是刚才啊！你睡觉的时候。你刚才睡觉时还笑了呢，是做了美梦吧？所以我就把信悄悄放在你枕边了，你没感觉到吧！"

"啊，没感觉到。"妹妹在夜幕低垂的昏暗房间里，脸上的微笑苍白而美丽，"姐姐，我看了一下那封信，是个我不认识的人写的，好奇怪啊……"

妹妹怎会不知道？写那封信的是一个叫 M.T 的男人，这我十分清楚。不要误会，我并没有见过他。只是在五六天前，我在悄悄帮妹妹整理衣橱时发现了一捆信件。它们用绿色缎带系着，藏在抽屉的深处。虽然知道偷看别人的信件不对，但我还是解开缎带看了起来。那些信有三十多封，全都出自那个叫 M.T 的人。当然，M.T 的名字并没有写在信封表面，而是清楚地写在了信里。那些信封上的寄信人处，写的都是女性的名字，她们全都是妹妹真实存在的朋友，所以我和父亲做梦都没想到，妹妹竟然在与一个男人通信。

我推测，这个叫 M.T 的男人，肯定是事先从妹妹那里问来了很多她朋友的名字，再假托那些名字与妹妹通信。这俩年轻人竟然想出这样的办法，对于他们的大胆，我感到震惊不已。如果被严厉的父亲知道，事情会变成什么样呢？我不禁感到害怕，甚至开始发抖。但是，按照信上的日期逐封读来，我也不禁逐渐感到欢欣雀跃，有时还会自己痴痴地笑起来。最后，好像连我也进入了那个新奇广阔的世界。

那时我才刚刚满二十岁，心中有着很多作为一个年轻女子无法宣之于口的苦闷。而这三十多封信于我而言，简直就像一股潺潺不息的山间溪流在我心间流淌。我不停地读着，一直读到去年秋天寄来的最后一封信。那时，我简直像被雷劈了一般猛然起身，惊讶地直朝后仰。因为在妹妹的恋爱中，并非只有真挚的爱意，反而出现了越来越丑陋的东西。于是我把那些信全都烧了，一封都没有留下。

M.T 就住在城下町，好像是个贫穷的歌人。卑劣如他，在得知妹妹的病情之后便抛弃了妹妹，还竟然满不在乎地在信里写了一些残忍的话，什么“让我们忘了彼此吧”之类的。那封信之后，他似乎就再也没有寄信来了。如果我对此也保持沉默，一辈子都不把这件事告诉别人，妹妹便能以一个美丽少女的形象迎接死亡，谁都不会知道他们两个通信的事。而我只感到满腔痛苦，在知道这件事之后，我越发觉得妹妹十分可怜。于是我脑中浮现出各种奇怪的幻想，胸口如同针扎一般疼痛，同时既感到甜蜜，又感到酸楚。那真是种令人厌恶的苦闷感受，那种苦闷，若非正当年的女性，是不会明白的——那是一种人间炼狱。我仿佛置身于这悲惨境遇之中，正独自承受着这样的痛苦。那个时候，我也觉得自己真的变得有些奇怪。

“姐姐，你念给我听听吧！这到底是怎么回事，我一点也不明白……”

我打心底里责怪着妹妹的不诚实。

“我可以念吗？”我小声问道。从妹妹那里接过信，我的手微微颤抖，不知如何是好。其实无须打开信，我也知道这封信的内容，但我必须装作什么都不知道的样子把它念出来。我根本不用正眼看内容，便能开口念出来。那封信是这样写的：

今天，我要跟你道歉。我之所以一直忍耐到今天才给你写信，都是我没有自信的缘故。我既贫穷又无能，无法给予你任何东西。我只能给你一些话，虽然这些话里没有半分虚假，但终究也只是一些话而已。除此之外，我无法再给予你任何东西，我好恨自己的无能为力。我每一天都，不，我连在梦里都一直想着你。但是我什么都无法给你。就是在这样的痛苦中，我想向你提出分手。看到你的不幸愈加深重，我对你的爱也愈加深厚，可我已经无法再靠近你了。

我说这些，你能明白吗？我绝不是在胡说八道。这些话都是出自我自身正义感的责任使然。但是我错了，错得很明显。我要向你道歉，对不起！我只是一个在你面前想成为完美人物、想要满足自己私欲的家伙。因为我们都很孤单，都很无能为力，因为我们除此之外什么都做不了，所以我才想，至少能把这些话作为满怀真诚的赠礼。即使是现在，我还是相信这是一种真实的、谦逊的、美好的生活方式。我常常在想，自己应该在力所能及的范围之内，为了实践它而努力，无论它是多么微不足道的东西。我相信，即便只是一朵蒲公英，只要我大大方方地坦然献上，就是一种最有勇气的男儿态度。

我不会再逃避了，我爱你！我会每天写和歌送给你，然后每天在你院子的篱笆外吹口哨给你听！明天晚上六点我就会去，我会吹一首《军舰进行曲》送给你，我的口哨吹得可是不错的哦！现在，在我能力范围内能为你做的就是这些了，你可不要笑话我呀！不，你还是要笑！要好好活着！我相信，一定有神明正在什么地方看着我们呢！你和我，都会是被神明眷顾的宠儿，我们一定会有美满的婚姻！

期盼复期盼，盼得一年桃花现。灼灼耀其华。初闻似雪清姿发，见之却晓红如霞。

我每天都在努力钻研。一切都在向着好的方向发展。那么，明天见！

M.T

“姐姐，我知道的。”妹妹声音清亮，小声喃喃道，“姐姐，谢谢你！其实这封信是你写的吧？”

我只感到尴尬至极，简直想把这封信撕得粉碎，想用手去挠头、扯头发。所谓坐立难安，大概就是指这样的感觉吧！这封信，的确是我写的。我无法对妹妹的痛苦坐视不理，于是我暗暗决定，从那天起，每天模仿 M.T 的笔迹给妹妹写封信，每天绞尽脑汁作一首蹩脚的和歌，然后晚上六点悄悄来到篱笆外，吹口哨给妹妹听，直到妹妹去世。

可是妹妹竟然戳穿了我，实在是太尴尬了！我还给她写了蹩脚的和歌，真是想找个地缝儿钻进去！在极度的尴尬与悲伤之中，我一时语塞。

“姐姐，别担心，没关系的，”妹妹出人意料地平静，美丽得近乎崇高。她微笑着说道，“姐姐，那些用绿色缎带扎起来的信，你已经看过了对吧？那些都是假的，都是我自己写的。我太寂寞了，所以我从前年秋天开始，就写了那些信，然后寄给自己。姐姐，你不要觉得我可笑哦！青春，可是非常宝贵的东西哦！从我生病以来，我越来越意识到青春有多么宝贵。可是我自己给自己写信，真是一件羞耻、悲惨、愚蠢的事情啊！我要是真能和一个男人大胆地恋爱，该有多好啊！我想让他紧紧地拥抱我！可是姐姐，到现在为止别说恋人了，我甚至都没有和其他男人说过话。姐姐也是吧？可是姐姐，我们都错了，都太过听话了。啊，我要死了……真的好不想死啊！我的手、手指、头发，也要跟着我一起死掉了，唉，它们也都好可怜啊！唉，我真不想死，真不想死啊……”

一时间，悲伤、恐惧、高兴、尴尬，这些感情在我胸中塞得满满当当，几乎难以逐一分辨。我将脸贴上妹妹消瘦的脸颊，只能流着泪，轻轻地拥着妹妹。

就在那时！啊！我们真的听到了！——一个正在吹《军舰进行曲》的口哨声！虽然低沉微弱，但确实听到了！妹妹此时也在侧耳倾听。我们一看时钟，啊！正好是六点！我们在一种无法言说的惊恐中，拼命紧紧地拥抱在一起，一动也不动，只竖起耳朵，倾听着那从院中的叶樱林里传来的不可思议的进行曲。

我坚信，神明是存在的，一定是存在的！

妹妹在之后的第三天便去世了。医生歪着头说道："这样安详，应该是没受多少苦吧？"

我并不感到惊讶，我相信，这一切都是神明的旨意。

现在——我已经上了年纪，也有了种种物欲，真是惭愧。而我的信仰，似乎也变得有些薄弱了。现在我时常会怀疑，当时的那个口哨声，说不定就是父亲所为吧！他那天下班回家，站在隔壁房间听到了我们的谈话。出于心中的不忍，平时严厉的父亲便吹口哨欺骗了我们，那是他一生中唯一的一次欺骗——这都是我的推测。不过，或许也不是这样吧！若父亲还在世，我倒是还可以问他一问。可是算一算，如今连父亲也都已过世十五年了呢！嗯，不，我还是觉得，当时一定是神明的恩典。

我宁愿就这样相信，就这样平静安心地生活下去。但随着年岁渐长，随着物欲渐生，我觉得我的信仰也随之变得薄弱了，这可真是糟糕啊。

译后记

她与她们的自我看见

虽然他们现在厉声斥责我们不具备正确的希望和野心，可是，当我们真正去追逐理想并付诸行动之时，他们还会始终如一地坚决守护、认真引导我们吗？

——《女生徒》

与《女生徒》中的“我”共同经历整整一天的奇妙思绪之后，我最初十分轻松的心中，逐渐生出了迷茫、无奈、心疼，以及丝丝悲凉。“我”只是一个中学生，却有着各种与年纪不相符的思考和不解。它们或来自生活状况，或来自社会规则与女性身份。其中，我想她最大的疑惑应该是引言中所提到的：当女性真正去追逐理想并付诸行动之时，在报纸上发表评论的那些人，还会始终如一地去坚决守护她们，去认真引导她们的成长吗？

而有着类似疑惑的并不止“女生徒”一人。

比如《蟋蟀》中那个画家的妻子——

我甚至觉得，在我的脊椎骨里也有一只小蟋蟀正在叫个不停。我想把那细小、微弱的声音封进我的脊梁，并且铭记一生。如今这世道，或许你才是正确的，错的人是我吧？但我究竟错在哪儿了，怎么错了呢？这件事，我真是无论如何也想不明白。

比如《羞耻》中那个喜爱文学的和子——

什么小说家，真是无聊透顶！人渣！满嘴谎话，一点都不浪漫！他生活在一个并不困苦的家庭，冷冷地蔑视着眼前这个邋遢寒碜的姑娘，蔑视着这个掉了门牙的姑娘。人家离开时，也不说起身送送人家，永远都是一副旁观者的姿态，满不在乎，不闻不问，这样的人简直太可怕了！这种货色，难道不是一个骗子吗？

比如《发妻》中那个心灰意冷的妻子——

我想：若一个人能做到坦荡、快速地转变自己的心意，那才是真正的革命。若能做到这一点，便再也没有什么事情是难以解决的了。一个男人，连改变自己对妻子的心意都做不到，那这“革命”的十字架也太骇人了。此时，比起我心中那些悲伤与愤怒，丈夫那令人目瞪口呆的愚蠢和荒谬，更加让我感到痛苦。

再比如，《雪夜的故事》中那个内心透亮的嫂子——

我憋屈得简直想哭。这时，嫂嫂张口替我解围，微笑着慢条斯理地说道：“可是，你眼睛里虽有着一百倍、一千倍的美景，却也有着一百倍、一千倍的肮脏啊！”

此外，《灯笼》里那个为了恋人误入歧途，事发后立即收到恋人分手信的咲子；《千代女》里那个小有文才，后来徘徊于前路的和子；《皮肤与心》中那个本就敏感自卑，后因皮肤上的小红疙瘩而更加沮丧懊恼的妻子——她们，同样在默默接受着一切社会规则，努力扮演着各自的社会角色与家庭角色。而她们的苦恼与不解，大多并非因为自身囿于厨房、家庭的束缚，也并非来自情情爱爱的患得患失，甚至不是产生自生活的困顿。让她们感到更加迷茫、更加难以理解的，多是当时社会的风气与浮躁的人格。

《女生徒》中的“我”在文章最后与自己达成了和解，但这和解究竟是“释然”还是“妥协”，或许她自己也没搞明白吧？

太宰治以极其细腻的笔触，让这一个又一个饱含女性之美的鲜活形象跃然纸上，以她们之口将内心独白表露无遗，让她们通过当时的文学作品“被看见”，这令人感到十分欣慰且敬佩。无论在哪个时代，女性除了身为“女性”，具有独特的“女性之美”以外，她们更加是“人”，需要作为平等参与家庭与社会的独立个体“被看见”。而“被看见”的前提，是“自我看见”。只有自己首先具有独立的意识，去自我理解、自我接纳后，她们才能坦然地、清醒地去担当其他角色，才能勇敢地、大方地去展现更多美好，发挥更多力量。

幸而，文章中的她们都在与现实的碰撞中遇见并觉察了“自我”。我相信，她们终将不会再浑浑噩噩，不会再任由摆布，她们终将会成长为一个又一个有底气、有想法的独立的人。更加令人欣喜的是，如今已经有越来越多的年轻女性看见了自我，接纳了自我。她们在努力地发出声音，不只要“被看见”，还要“被听见”。她们知道，被看见、被听见、被尊重的前提，是把自己看作完整且独立的“人”。她们身上不只具有丰富的女性之美，还有着更加鲜活的人性之美。而在展现出这两种美的人之中，应该有你，也有我。

十分荣幸能作为一名译者，与书中的她们一起真切地体会了各种细腻的女儿巧思和心路历程，也十分荣幸能够有缘将这一传世名作在承袭前人珠玉的基础上，以自己的风格再次展现出来。

希望它能够让更多人思考与看见——无论被看见，还是自我看见。

感谢伴我一路走来的同伴、老师、母语审校者，感谢给予我包容与信任的编辑小姐姐。另外，感谢我的小伙伴崔荔函，她的无私与支持给予了我莫大的动力与勇气。

前路或许仍有诸多迷茫，但只愿她与她们，只愿你，只愿我，都能一直醒着，都能一直“看见”。

译者

2021 年 11 月 10 日

附录

太宰治生平年表

1909 年（明治四十二年）

六月十九日，出生于青森县津轻郡金木村（原为金木町，现为五所川原市），本名津岛修治。

津岛家是津轻地区的豪族。父津岛源右卫门，曾任众议院议员，后当选贵族院议员，同时经营银行、铁路；母松木夕子体弱多病，无力照顾儿子，因此太宰治由姑母和保姆抚养长大。太宰治上有五哥四姐，其中两个哥哥不幸夭折，只剩下文治、英治、圭治三人。太宰治出生三年之后，幼弟礼治出生。

1916 年（大正五年） 七岁

至町立金木普通小学就读，成绩杰出。

1922年（大正十一年） 十三岁

以第一名的成绩从普通小学毕业，后至离家两公里的明治高等小学就读。

1923年（大正十二年） 十四岁

三月，父亲去世，享年五十三岁。

四月，至县立青森中学就读，英文作文成绩优异。寄宿该市寺町的远亲丰田家檐下。

中学期间，开始创作小说、杂文、戏剧，对泉镜花、芥川龙之介的文学相当倾倒。

1925年（大正十四年） 十六岁

在中学校友会刊上发表习作《最后的太阁》。和阿部合成、中村贞次郎等友人合编同人杂志《星座》。

1927年（昭和二年） 十八岁

至远亲藤田丰三郎家寄宿。第一高等学校入学考试失利，进入弘前高等学校文科甲类（文学系的英语班）就读。年间，传来芥川龙之介自杀的消息，甚受冲击；和青森市滨町“玉屋”的艺伎红子（小山初代）相识。

1928年（昭和三年） 十九岁

五月，独自编辑的同人杂志《细胞文艺》创刊，以“焉岛众二”之名发表《无间奈落》，思想上渐受马克思主义的影响。由于有雄厚资金作为背景，获得许多知名作家如舟桥圣一和吉屋信子的原稿。此时他接触了井伏鳟二的作品，希望井伏能为《细胞文艺》撰稿。因对出身苦恼而有服安眠药自杀的意图。

1929年（昭和四年） 二十岁

四月，以“小菅银吉”之名，在文艺杂志《猎骑兵》发表《虎彻宵话》等文章。

十二月十日夜，自杀未遂。

1930年（昭和五年） 二十一岁

进入东京帝国大学法文系就读，住宿在户冢取访町常盘馆。以门人的身份得以出入井伏鳟二身边，奉之为终身之师。参与共产党运动，几乎没有上课。

六月，三兄圭治去世。结识银座酒吧女田边，相约在镰仓腰越町海岸殉情，以致田边死亡，因此以协助自杀的嫌疑犯身份接受调查。经兄长文治等人奔走而得到起诉缓刑的处分。关于这个判决，有一说是承办此案的宇野检察官刚好是太宰父亲老家松木家的亲属，也有承办的刑警恰巧是金木出身而对太宰有利的说法。

此事是他终生难忘的罪过，以此为素材，创作出小说《小丑之花》。

1931年（昭和六年） 二十二岁

被津岛家除籍，与小山初代同居。沉迷俳句。

1932年（昭和七年） 二十三岁

因为对左翼运动绝望，此时的投入仅为寻求自我毁灭之道，后来向青森警署自首并遭拘留。其后脱离左翼运动。回帝大重修，倾心于写作之中。

1933年（昭和八年） 二十四岁

第一次以“太宰治”为笔名在《东奥日报》上发表短篇小说《列车》《圣代东奥》。

三月，参加了古谷纲武、今官一、木山捷平等人创立的同人杂志《海豹》，并在创刊号发表短篇小说《鱼服记》。此后，频繁出入井伏鳟二家，结识伊马鹈平（春部）、中村地平、小山右士、樽一雄等人。

1934年（昭和九年） 二十五岁

借井伏鳟二之名于《文艺春秋》推出《洋之介的气焰》。

十二月，与津村信夫、中原中也、山岸外史、今官一、伊马鹈平、木山捷平等人共同成立同人杂志《青花》，发表《浪漫主义》。创刊号后即停刊。

1935年（昭和十年） 二十六岁

二月，发表短篇小说《逆行》。

三月，参加东京都新闻社的求职测验落选后，企图于镰仓山上吊自杀，并自帝大辍学，发表《小丑之花》。

四月，罹患盲肠炎并发腹膜炎，疗养身体至夏天。

七月，移居千叶县船桥町，药物中毒。

八月，《逆行》入围第一届芥川奖，开始和田中英光通信。

1936年（昭和十一年） 二十七岁

为治疗药物中毒，进入芝济生会医院接受治疗，四月，于《文艺杂志》发表短篇小说《阴火》。

五月，于《若草》发表《关于雌性》。

六月，首部文集《晚年》出版。期待已久的第三届芥川奖落选，备受打击。后接受井伏鳟二的建议，至江古田武藏野医院治病，一个月后出院，撰写《二十世纪旗手》、*HUMAN LOST*。

1937年（昭和十二年） 二十八岁

得知小山初代与津岛家亲属习画学生小馆善四郎密切往来，

与初代至水上温泉，企图吃安眠药自杀，但未成功。回东京后与初代离别。发表《虚构的彷徨》《灯笼》。

1938 年（昭和十三年） 二十九岁

九月，发表《姥舍》《满愿》。

十一月，移居至甲府市西坚町，发表多篇随笔。

1939 年（昭和十四年） 三十岁

一月，在井伏鳟二夫妻的撮合下，与石原美知子举行结婚典礼，于甲府市御崎町筑新居。

三月，于《文学界》发表短篇小说《女生徒》，因《女生徒》而获北村透谷奖。

1940 年（昭和十五年） 三十一岁

确定了新进作家的地位，发表的作品增加。开始连载《女的决斗》《俗天使》《鸥》《哥哥们》《老海德堡》等作品。创作集的单行本《皮肤与心》《回忆》于前半年发行。《超级控诉》《快跑！梅乐斯》发表后被誉为名作。受邀演讲的机会增多，于东京商大以《近代之病》为题演说，亦于新潟高校演说。

1941年（昭和十六年） 三十二岁

以《东京八景》为首，承袭前年，继续笔耕不辍。长篇《新哈姆雷特》《千代女》、限定版《超级控诉》分别发行。这一年，太田静子初访太宰治居所。

六月，长女园子诞生，经北芳四郎的鼓励，探访十年不见的乡里金木町的老家。

1942年（昭和十七年） 三十三岁

九月，发表《花火》，遭全文删除（后改名《日的料理》）。

十二月，母亲去世，享年七十岁。

1943年（昭和十八年） 三十四岁

给亡母做了三十五天的法事，与妻子结伴返乡。完成长篇《右大臣实朝》。

1944年（昭和十九年） 三十五岁

发表《裸川》（新解诸国故事）、《佳日》。东宝电影公司将《佳日》拍成电影。受中央情报局与文学电影公司之托，将《大东亚五大宣言》小说化。研究鲁迅。五月十二日，为完成小山书店的“新风土记”丛书之《津轻》，自东京出发，六月五日返回，七月完稿。

八月，长男正树诞生。为出版《云雀之声》事宜和小山书店洽谈，即将出版之际，工厂遭到空袭，一切化为乌有。

十二月二十日，为调查鲁迅于仙台的事迹，赴仙台。同年，小山初代于青岛去世。

1945年（昭和二十年） 三十六岁

二月，完成鲁迅传记《惜别》，由朝日新闻社发行。

三月，在空袭警报下执笔写《御伽草纸》。

三月底，妻子至甲府娘家避难，轰炸之后家被毁损。暂时至龟井胜一郎家中避难，将小山清留下，前往妻子的避难地，将书籍与其他行李移至市外千代田村。七月，甲府遭轰炸，家毁，后与妻子经东京返回老家津轻。

1946年（昭和二十一年） 三十七岁

开始战后的活跃。发表多部作品，其间举行战后首次众议员选举，长兄文治当选。

五月，芥川比吕志为《新哈姆雷特》于思想座上演的许可登门造访。

七月，祖母去世，享年九十岁。《冬季的花火》预定由新生新派于东剧上演，后遭麦克阿瑟禁演。

1947年（昭和二十二年） 三十八岁

送别昔日同居的小山清去北海道夕张炭坑。年初到神奈川县探访太田静子。

二月，去田中英光的别居、伊豆三津滨旅行，于安田屋旅馆停留到三月上旬。完成了《斜阳》的前两章。

三月底，次女里子（即日后的女作家津岛佑子）出生。同年春，结识二十八岁的山崎富荣。

六月底彻底完成《斜阳》。

十月，发表《阿三》和随笔《话说我的这半生》。

十一月，太田静子生一女，取名治子（即日后的女作家太田治子）。

1948年（昭和二十三年） 三十九岁

再次以堪称对既存文坛宣战的连载评论《如是我闻》震惊文坛，并着手创作《人间失格》。完成了《第二手札》的一部分。此时，随着肺结核的恶化，身体极度虚弱，时常吐血。

六月十三日深夜，与山崎富荣一起在玉川上水投水自尽。三十九岁生日当天，遗体被发现。一说认为其自杀也可能跟其苦于独子罹患唐氏综合征有关。在《朝日新闻》上连载的幽默小说*Goodbye*成为其遗作。二十一日，丰岛与志雄、井伏鳟二主持在其家中举行告别仪式，葬于三鹰町禅林寺。

《如是我闻》最终回在其死后刊出。

图书在版编目（CIP）数据

女生徒 / (日) 太宰治著；李钰婧译 . -- 南京：
江苏凤凰文艺出版社，2022.4（2023.6 重印）
ISBN 978-7-5594-6525-2

Ⅰ. ①女… Ⅱ. ①太… ②李… Ⅲ. ①短篇小说 – 小
说集 – 日本 – 现代 Ⅳ. ① I313.45

中国版本图书馆 CIP 数据核字（2022）第 004382 号

女生徒

[日] 太宰治 著 李钰婧 译

责任编辑 曹 波
策划编辑 李芳妮
封面设计 林 林
出版发行 江苏凤凰文艺出版社
南京市中央路 165 号，邮编：210009
网 址 http: // www. jswenyi . com
印 刷 文畅阁印刷有限公司
开 本 880 毫米 × 1230 毫米 1/32
印 张 7.75
字 数 159 千字
版 次 2022 年 4 月第 1 版
印 次 2023 年 6 月第 3 次印刷
书 号 ISBN 978-7-5594-6525-2
定 价 39.00 元
